सनकी

कभी ऐसा भी हो

निशान्त जैन

सन्मति

Title: Sanki
ISBN: 9789390539185
Author : Nishant Jain

प्रकाशक
सन्मति पब्लिशर्स
बी-347, संजय विहार,
मेरठ रोड, हापुड़-245101 (उ0प्र0)
Website: www.sanmatiindia.com
Email: sanmati555@gmail.com
प्रथम संस्करण : अक्टूबर 2022

Printed & Marketed by:
Tingle Books

अनुक्रमणिका

जुनून और कुछ नहीं बल्कि शुद्ध प्रेम के बेहतरीन हिस्से से बनता है।
- विलियम शेक्सपियर

बायोलॉजिकल मदर

केसर घर आई हुई है क्योंकि उसकी गर्मी की छुट्टियाँ हैं। वह बोर्डिंग स्कूल में पढ़ती है। मैंने उसे प्राकृतिक रूप से ही जन्म दिया, मैं उसकी सगी माँ हूँ, फिर भी कुछ ऐसा है जो मुझे उसे देखने या उससे बात करने पर असहज करता है। कुछ ऐसा है जो हमारे रिश्ते को सामान्य नहीं होने दे रहा है। हमारे अतीत में जो हुआ, केसर उसके बारे में पूरी तरह अनजान थी, और मेरी ज़िंदगी में जो हुआ उसकी मैंने कल्पना भी नहीं की थी।

17 साल पहले:

मैंने कभी नहीं सोचा था कि मेरा जीवन नरक में बदल जाएगा, लेकिन समय के साथ अहसास हुआ कि उसका प्यार मुझे एक ही समय पर स्वर्ग और नरक, दोनों का अहसास करा रहा था। मुझे स्वर्ग में जीना था या नरक में, यह सब मेरी सोच पर निर्भर था। मेरे और मेरे पति केदार के बीच की कैमिस्ट्री काम नहीं कर रही थी। वह बिना किसी की परवाह किए एक अन्य लड़की के प्यार में गिरफ़्तार थे। आपस में लड़ना-झगड़ना, चीखना-चिल्लाना और एक-दूसरे को प्रताड़ित करना हमारी दिनचर्या बन चुकी थी। कई महीनों तक हमारे बीच तनातनी रही। किसी और मुद्दे पर बात नहीं कर सके। लेकिन अचानक सबकुछ बदल गया। उन्होंने मेरे किसी भी सवाल का जवाब देना बंद कर दिया। मेरे द्वारा लगाए जा रहे आरोप और अन्य सभी बातों के लिए उनकी तरफ़ से कोई भी प्रतिक्रिया आनी बंद हो गई, एकदम शांत रहते। मैं उनके इस परिवर्तित व्यवहार के कारण का अनुमान नहीं लगा सकी। उन्होंने घर पर ही शराब और सिगरेट पीना शुरू कर दिया था जो पहले कभी नहीं किया था। कभी-कभी यह पूरे दिन जारी रहता था। एक से दूसरी, दूसरी से

तीसरी सिगरेट सुलगती रहती। वह पहले भी पीते थे, लेकिन घर पर नहीं। तलब होती तो घर के बाहर जाकर ही पीते। हमेशा इस बात का ध्यान रखते कि मुझे धुआँ बर्दाश्त नहीं होता है, लेकिन अब यह ध्यान रखना भी छूट गया था। अपनी ही दुनिया में खोए रहते।

पहले मुझे लगा कि यह उनके ब्रेकअप के कारण हुआ था। रिश्ते छूट तो जाते हैं किंतु रिश्तों के बंधन नहीं। वह उससे उपजे प्रभाव से छुटकारा पाने की कोशिश कर रहे थे। हालाँकि इस निष्कर्ष पर पहुँचना मेरी सबसे बड़ी भूल थी। समय के साथ समझ आने लगा कि वह किसी भी चीज़ से छुटकारा पाने की कोशिश नहीं थी, बल्कि वो उस रिश्ते में डूबते जा रहे थे। जब तक मैं समझती तब तक बहुत देर हो चुकी थी।

कभी-कभी हम बात करते थे, लेकिन अब हमारे बीच सामान्य बातचीत की कोई जगह नहीं थी। उनके जवाब हमेशा छोटे होते, ज़्यादातर हाँ या ना में, लेकिन मैं ख़ुश थी कि केदार मेरे साथ थे। ये वे दिन थे जब उनकी सोच उन पर सवार रहती थी। अपनी ही धुन में मग्न रहते। मुझे लगता कि समय सबकुछ ठीक कर देगा पर जल्दी ही महसूस हुआ कि केदार की सोच ही, उनकी दुनिया में अस्तित्व बना रही थी। केदार हर चीज़ में दिलचस्पी खोते जा रहे थे। वह जो भी बात करते थे, वह तर्कहीन, निराशा और नकारात्मकता से भरी होती थी। फिर कभी ऐसा लगता कि मैं ही उनके बारे में ग़लत सोच रही हूँ।

समय के साथ यह साफ़ होने लगा कि वह ख़ुद को किसी अपराध के लिए दंडित कर रहे हैं, लेकिन इसके बारे में उन्होंने कभी बात नहीं की। मुझे लगने लगा था कि मुझे धोखा देने का अपराधबोध उन्हें परेशान कर रहा था। वह मुझसे बहुत कुछ छुपा रहे थे। मेरी चिंता बढ़ती जा रही थी। केदार की हालत में सुधर न आता देख मैं उन्हें एक डॉक्टर के पास ले गई जिसने मुझे एक मनोचिकित्सक से परामर्श करने का सुझाव दिया। यह मेरे लिए एक बड़ी चिंता थी, लेकिन मुझे करना ही था, इसलिए

मैंने एक मनोचिकित्सक से सलाह ली। केदार ने कोई ना-नुकर न की और चुपचाप मेरे साथ चल दिए।

हमने डॉक्टर के केबिन में प्रवेश किया और उसके सामने कुर्सी पर बैठ गए। डॉक्टर ने केदार को देखा और कुछ सवाल पूछे, लेकिन उन्होंने कोई जवाब नहीं दिया। पूरे समय चुप ही रहे। डॉक्टर ने केदार को बाहर जाकर इंतज़ार करने के लिए कहा और वह चुपचाप उठकर चले भी गए।

उनके जाने के बाद डॉक्टर ने मुझसे पूछा, "ऐसा व्यवहार आप कब से देख रही हैं?"

"लगभग छह महीने से। लेकिन पिछले एक महीने में बड़े बदलाव नज़र आ रहे हैं।" मैंने उत्तर दिया।

"क्या आप जानती हैं कि पिछले एक साल में क्या हुआ? क्योंकि मुझे लगता है कि वह किसी चीज़ के बारे में निर्णय लेने की कोशिश कर रहा है। कोई बात उसे अन्दर ही अन्दर खाए जा रही है। वह आत्म-घृणा से लड़ने की कोशिश कर रहा है, एक तरह का अवसाद कह सकते हैं।" डॉक्टर ने कहा।

"डॉक्टर, मैं सही कारण नहीं जानती, लेकिन उनका अफ़ेयर चल रहा था और शायद उसमें ब्रेक-अप ही वजह हो सकती है। वह अपने फोन को छोड़कर हर चीज़ में दिलचस्पी खो रहे हैं। पूरे दिन अपना फोन हाथ में लिए रहते हैं, उसे एक पल के लिए भी नहीं छोड़ते। शायद उसी के एक फ़ोन कॉल या मैसेज का इंतज़ार कर रहे हों।" मैंने उत्तर दिया।

"अवसाद का इलाज करना आसान नहीं है, लेकिन मैं एक महीने के लिए दवा बता रही हूँ। देखते हैं कि वह उन पर कैसी प्रतिक्रिया देते हैं।" डॉक्टर ने साफ़गोई दिखाई थी।

लगभग एक पखवाड़ा बीत गया। केदार को मैं नियमित दवाइयाँ देती और वो चुपचाप खा लेते। एक रात मैं ड्राइंग रूम में एक सोफ़े पर बैठी थी कि केदार ने कमरे में प्रवेश किया और मेरे बग़ल में

आकर बैठ गए। मुझे थोड़ा आश्चर्य हुआ- लेकिन सुखद अहसास के साथ। मुझे लगा कि दवाइयाँ अपना असर दिखा रही हैं।

उन्होंने मेरा हाथ थामा और याचना जैसे शब्दों में बोले, "मुझे माफ़ कर दो। मुझे पता है कि मैंने तुम्हारे साथ ग़लत किया है, लेकिन मुझे अपने जीवन में क्या करना है, क्या चाहिए था, इसे लेकर बड़ी दुविधा में अटक गया था। मैं तुम्हारे और आकृति के बीच फँस गया था, सरगुन प्लीज़ मुझे माफ़ कर दो।"

यह कहते हुए उन्होंने मुझे बहुत कसकर अपनी बाँहों में भर लिया। यह इतना तंग और कसा हुआ आलिंगन था, जिसे मैंने पहले कभी महसूस नहीं किया था। मेरी आँखों में आँसू आ गए, लेकिन मैं स्थिति पर कोई ख़ास प्रतिक्रिया करने की हालत में नहीं थी। मुझे अहसास हो गया था कि मैं केदार को खो रही हूँ।

कई महीनों बाद, उन्होंने मुझे किस करना शुरू किया। यह किसी फ्रेंच किस से कहीं बढ़कर था। इस समय मुझे इस बात का पूरी तरह अहसास था कि मैं सही हाथों में नहीं हूँ। केदार ने कभी इतनी शिद्दत से प्यार नहीं जताया था। फिर भी मैं इस अहसास का पूरा आनंद ले रही थी। उनके आलिंगन और चुंबनों की बौछार से मेरे होश उड़ने शुरू हो चुके थे और मेरा शरीर भी उनके शरीर में रमता चला गया।

मेरे लिए ये नए केदार थे, लेकिन मैं उस समय उन्हें कुछ नहीं बता सकती थी। यह वह रात थी जब मैंने प्यार को काफ़ी समय बाद महसूस किया था और समझा कि सेक्स हवस नहीं, बल्कि आध्यात्मिक भी हो सकता है। हालाँकि, उस रात मैंने सबकुछ खो दिया था, लेकिन पहली बार मैंने जाना कि सेक्स प्यार का ही रूप है।

उस रात ने सबकुछ बदल दिया। हमारे बीच प्यार परवान चढ़ने लगा। हालाँकि अभी भी मेरी सोच, सामान्य रहने के लिए संघर्ष कर रही थी, लेकिन जाने क्यूँ मेरे चेहरे से ख़ुशी नहीं हट रही थी। मैं उसे हटाना चाहती थी क्यूँकि यह ख़ुशी सामान्य नहीं थी। बहुत से समायोजन करने

पड़ रहे थे, सोच को सँभालना सीखना पड़ रहा था। केदार के प्यार के लिए यह एक छोटी-सी क़ीमत थी जो उस समय मैं चुकाने के लिए तैयार हो गई थी।

जब सुबह उठी तो तनाव में थी। सोच पूरी तरह नहीं बदल पाई थी। फिर भी परिस्थिति से निपटने के लिए ख़ुद को कुछ समय देने के बारे में सोचा। मैंने हम दोनों के लिए चाय बनाई, और फिर एक और सरप्राइज़ मेरे सामने आया।

"सरगुन, क्या हम हमेशा की तरह नाश्ते में आलू के पराठे को आम के अचार के साथ खा सकते हैं? केदार ने पूछा।

मुझे आश्चर्य इस बात का था कि जो केदार ज़िंदगी में कभी नाश्ता करने को ही तैयार नहीं होते थे, आज नाश्ते में फ़रमाइश कर रहे थे। मैंने अपनी सोच पर लगाम लगाई और कहा, "हाँ, ज़रूर।"

मैंने नाश्ता तैयार किया और उनके सामने डाइनिंग टेबल पर लगा दिया। उन्होंने मेरी आँखों में देखा और कहा, "बैठो।"

मैं उनके बग़ल में बैठ गई। उन्होंने मेरे गालों पर हल्के से चूमा और बोले कि, "मुझे अपने हाथों से खिलाओ।" मैंने एक ढोंगी की तरह छोटी-सी मुस्कान के साथ ऐसा ही किया, लेकिन मैं अंदर से ख़ुश नहीं थी।

"सरगुन, क्या हुआ? क्या तुम ख़ुश नहीं हो?" उन्होंने पूछा।

मैंने अपनी बेचैनी को क़ाबू में करते हुए मुस्कराकर उत्तर दिया, "नहीं, मैं ख़ुश हूँ। आप मेरे साथ हो। मैं जीवन से और क्या बेहतर उम्मीद कर सकती हूँ!"

दो-तीन दिन और बीते। मैं यह सोचकर ख़ुश थी कि दवा का असर होने में समय लगेगा और धीरे-धीरे सब ठीक हो जाएगा, वह सारी सच्चाइयों से वाकिफ़ हो जाएँगे। वह अभी भी कम बात करते थे पर ख़ुश रहने लगे थे। मेरे साथ छोटे-छोटे खेल खेलने लग गए थे। कभी मेरे पेट पर टिक-टैक-टो बनाते और एक पेन मुझे भी दे, वहीं पर खेलते। मुझे

मेहँदी का अलग रूप लगता था बस। कभी मेरा पेट उनका गोल्फ़ कोर्स बन जाता। कभी मेरी बाँहों पर या मेरी जाँघों पर कुछ पेंटिंग बनाते, कभी मेरी दोनों हथेलियों को एक साथ जोड़कर चाय तैयार करने का नाटक करते। मज़ेदार बात यह थी कि मेरे हाथों को अपने मुँह तक लेकर उस काल्पनिक चाय का स्वाद भी लेते। उन्हें इतना शरारती कभी नहीं देखा था।

वह इन सभी कामों को करने में बहुत अच्छे थे। उन्होंने मेरी कामुकता को कई गुना बढ़ा दिया था। मज़ेदार बात ये भी थी कि वह कामुक गतिविधियाँ ज़्यादा नहीं करते थे, लेकिन उनके इन खेलों से मेरी सारी इन्द्रियाँ जाग्रत हो जाती थीं। उनकी एक इच्छा बहुत महत्वपूर्ण थी और शायद वह यह सब अपनी उस एक ही इच्छा को पूरा करने के लिए कर रहे थे। वह एक बच्चा पैदा करना चाहते थे। उन्होंने तो उसका नाम भी सोच रखा रखा- केसर! यह केदार के 'के' और सरगुन के 'सर' को जोड़कर बनाया गया नाम था। सबसे महत्वपूर्ण बात, जब से यह सब शुरू हुआ था, उन्होंने शराब पीना और धूम्रपान करना बंद कर दिया था।

"सरगुन, तुम मेरी जान हो। मुझे कभी अकेला नहीं छोड़ना। मैं तुम्हारे बिना अपने जीवन की कल्पना नहीं कर सकता।" यह उनका पसंदीदा डायलॉग था जो दिन में कई बार बोलते थे। ज़िंदगी इसी तरह आगे बढ़ रही थी। और फिर डॉक्टर के यहाँ जाने का दिन भी आ गया।

डॉक्टर ने केदार से कई सवाल किए। उन्होंने कुछ सवालों के जवाब नहीं दिए, लेकिन हमारी पिछली विजिट के बाद से वह बेहतर व्यवहार कर रहे थे, ऐसा डॉक्टर का भी आकलन था।

"अब बताओ, केदार के स्वास्थ्य के संबंध में आपका क्या मानना है? क्या कुछ परिवर्तन आए?" डॉक्टर ने मुझसे पूछा।

"डॉक्टर, उनकी सोच असामान्य है और अपनी ही दुनिया तक सीमित है। हालाँकि वह अपने तरीक़े से ख़ुश रहने की कोशिश कर रहे हैं, लेकिन मैं ख़ुश नहीं हूँ। वह नाटकीय रूप से बदल रहे हैं। उन चीज़ों की

कल्पना कर रहे हैं जो वास्तविकता में उनके आसपास नहीं हैं। जब वह सरगुन नाम को पुकारते हैं तो ख़ुद को एक अलग आयाम में, दूसरी दुनिया में ले जाते हैं। मैंने उन्हें इतना रोमांटिक और बचकाना व्यक्ति कभी नहीं पाया जितना वह आजकल अपने व्यवहार में हैं।" मैंने उत्तर दिया।

"सुनो आकृति..." डॉक्टर ने ये शब्द कहे ही थे, लेकिन वह अपना वाक्य पूरा नहीं कर सकी क्योंकि अचानक से केदार चिल्लाने लगे थे। डॉक्टर को समझते देर न लगी कि केदार अपनी कल्पना पर चिल्ला रहा था।

"आकृति! तुम यहाँ क्या कर रही हो? जाओ... चली जाओ... अब तुम मुझे सरगुन से अलग नहीं कर सकतीं। सरगुन मेरी ज़िंदगी है।" वह घबराकर बात कर रहे थे और केबिन का सामान उठाकर इधर-उधर फेंक रहे थे।

डॉक्टर ने तुरंत अपनी सीट छोड़ी और हवा में कुछ धक्का देने का नाटक किया और दरवाज़ा बंद कर दिया। उसने एक इंजेक्शन लगाकर केदार को शांत रखने की कोशिश की। डॉक्टर ने मेरी तरफ़ देखा और कहा, "वो आपको सरगुन समझता है।" कुछ पल रुककर डॉक्टर ने आगे कहा, "केदार की स्थिति बहुत नाज़ुक है। वह मतिभ्रम कर रहा है जो अच्छा नहीं है। यह उसके लिए बहुत ख़तरनाक है।"

"मुझे इस बात की जानकारी क़रीब 20 दिन से है। लेकिन इन 20 दिनों में केदार ने मुझे वो हर ख़ुशी दी, जिसकी मैं हक़दार थी परंतु पहले कभी नहीं मिली। यदि नाम या काल्पनिक पहचान का परिवर्तन काम कर सकता है तो मेरे लिए इनका होना ही बेहतर था। मेरी पहचान के साथ यह छोटा-सा हेरफेर मेरे प्यार को पाने के लिए मैनेजेबल है... मेरे हिस्से का प्यार। समय लगा, लेकिन मैंने ख़ुद को सँभाल लिया है।" मैंने कहा।

"आप अपने साथ और केदार के साथ भी ग़लत कर रही हैं। यह सही तरीक़ा नहीं है।" डॉक्टर ने कहा।

"ठीक है... तो प्लीज़ मुझे समझाएँ कि क्या सही है और क्या ग़लत? आप जो करने का सुझाव देंगी, मैं वो करूँगी। केदार जिस तरह की बीमारी से जूझ रहे हैं, उससे आप अच्छी तरह वाकिफ़ हैं, यह लाइलाज है। डॉक्टर! मैं स्वार्थी नहीं हो रही हूँ, लेकिन मैं केवल उनकी ख़ुशी चाहती हूँ और आख़िरी तक उसकी ख़ुशी चाहती रहूँगी। मैं उनका इलाज जारी रखूँगी, मैं वादा करती हूँ।" मैंने डॉक्टर से कहा और केदार को लेकर क्लिनिक से निकल गई।

कुछ और महीने बीत गए। मैं गर्भवती थी, केदार की हालत ख़राब होती गई। उन्होंने किसी से भी मिलना कबका बंद कर दिया था, लेकिन अब तो वह अपने आसपास के माहौल से भी पूरी तरह कट गए थे। अपना सारा समय मेरे बेबी बंप के साथ खेलने में बिता रहे थे। वह अब केवल मुझे पहचानते थे। 'मुझे' कहना ग़लत होगा, वह अब सिर्फ़ 'सरगुन' को पहचानते थे। मुझे अंदेशा था कि एक न एक दिन यही होगा। लेकिन मैं उनके लिए दवा, इलाज और उनके साथ रहने के अलावा, उनकी समस्या को हल करने के लिए कुछ नहीं कर सकती थी।

घर पर आज उनकी डॉक्टर को आना था। केदार अब डॉक्टर के पास भी नहीं जाते थे। उन्हें हरदम डर लगा रहता था कि कहीं मुझे और हमारे होने वाले बच्चे को कुछ हो न जाए। डॉक्टर के साथ दोस्ताना व्यवहार हो चुका था, इस नाते भी वो घर पर आ जाती थी। दरवाज़े की घंटी बजी। मैंने दरवाज़ा खोला। डॉक्टर ही थी। वो अंदर आई और मैंने दरवाज़ा बंद कर लिया।

मैंने उसे पानी दिया और उसके साथ बैठ गई।

"अब कैसा है वो?" उसने पूछा।

"हमेशा की तरह सब अच्छा। केसर का बेसब्री से इंतज़ार है।" मैंने उत्तर दिया।

"मुझे उम्मीद नहीं थी कि आप इसे मैनेज कर पाएँगी।" डॉक्टर ने कहा।

"नहीं डॉक्टर, हम दोनों ने अपने-अपने प्यार के लिए यह किया। मैंने अपने प्यार, केदार, के लिए किया और केदार ने अपने प्यार, सरगुन, के लिए किया।" मैंने उत्तर दिया।

"आकृति, यह एक बहुत ही मुश्किल और विचित्र स्थिति है जिसे आपने बहुत अच्छी तरह से सँभालने की कोशिश की।" डॉक्टर ने कहा।

"नहीं डॉक्टर, वास्तव में सभी बातें हमेशा समान थीं, सिवाय इसके कि वह सरगुन के साथ अपने ब्रेकअप को नहीं सँभाल सके और इस मनोवैज्ञानिक स्थिति में आ गए कि वास्तविक व्यक्ति और उसकी कल्पना के बीच अंतर करने की काबिलियत खो बैठे। अंततः उन्होंने मुझे, अपनी पत्नी आकृति को, सरगुन के रूप में प्यार करना शुरू कर दिया। शेक्सपियर ने भी कहा था, 'जुनून और कुछ नहीं बल्कि शुद्ध प्रेम के बेहतरीन हिस्से से बनता है।' उन्होंने मेरे द्वारा अपनाए गए जुनून से, अपने हिस्से के जुनून को पूरा किया या आप इसका उल्टा भी मान सकती हैं। अब मेरी चिंता सिर्फ़ इतनी है कि केसर के पैदा होने के बाद क्या होगा?" मैंने कहा।

"इससे आपका क्या मतलब? केदार को केसर चाहिए न? सही कह रही हूँ न? डॉक्टर ने सवाल किए।

"हाँ यह सच है। केदार सिर्फ़ दो नाम पहचानते हैं, एक सरगुन और दूसरा केसर। एक दिन संयोग से मुझे केदार का फोन मिला और मैंने उनके मैसेज चेक किए। वहाँ मुझे उनके ब्रेकअप की वजह पता चली। सरगुन प्रेग्नेंट थी, लेकिन केदार बच्चे को बचाने के लिए कुछ नहीं कर पाए। सरगुन ने गर्भपात तो करा लिया पर इस बात से वो उबर न सकी और अपनी जीवनलीला समाप्त कर ली।" मैंने आँखों में आँसू भरकर जवाब दिया।

लंबी चुप्पी के बाद डॉक्टर ने मुझे केदार के लिए दवाइयाँ दीं और चली गई।

और वह दिन आया जब मैंने एक सुंदर बच्ची को जन्म दिया, जिसका नाम पहले से ही तय था- केसर। मैं उसकी प्राकृतिक माँ थी परंतु उसके पिता, मेरे सामाजिक पति, भावनात्मक रूप से मेरे पति नहीं थे। फिर भी केसर मेरे पति का इकलौता सपना है, जो मेरी आँखों के सामने है।

प्यार पर एक बार और, हमेशा एक बार और भरोसा करने के लिए पर्याप्त साहस रखें।"

-माया एंजेलो

दुमछल्ला :
निर्मय और निवेदिता

निर्मय की उम्र 18-20 साल की रही होगी जब उसे स्टॉक मार्केट का नया-नया चस्का लगा था। काफ़ी पैसे लुटाने के बाद उसने जॉब करने की सोची और एक स्टॉक ब्रोकर के यहाँ नौकरी शुरू कर दी। ऑपरेटर की जॉब थी। उसका मानना था कि ऐसा क़रने से कुछ पैसे भी बन जाएँगे और इस मार्केट की बारीकियाँ भी सीख लेगा। निर्मय के पापा बैंक में थे तो सभी उनसे परिचित भी थे।

उन दिनों ऑनलाइन ट्रेडिंग का इतना चलन नहीं था, जितना आज है। उस समय सौदे तो ऑनलाइन ही होते थे, क्लाइंट्स रिपोर्ट भी ऑनलाइन ही आती थीं, लेकिन क्लाइंट्स के पास इतनी सुविधाएँ नहीं होती थीं। ज़्यादा जानकारी का भी अभाव रहता था, इसीलिए क्लाइंट्स के माँगने पर रिपोर्ट्स उनके घर या ऑफ़िस पहुँचाई जाती थीं। शनिवार की शाम को ब्रोकर, बिना नागा कर्मचारियों के हाथों सबके घर रिपोर्ट्स पहुँचवाता था।

इस सिलसिले में निर्मय को भी जाना पड़ता था। निवेदिता एक क्लाइंट की बेटी थी और उस दिन जब वो रिपोर्ट देने घर पहुँचा तो उसने निवेदिता को पहली बार देखा। कम क़द-काठी, गौरवर्णा और शर्मीली। उस समय वो ज़मीन पर बिछी चटाई पर पेट के बल लेती हुई थी और पढ़ाई कर रही थी। निर्मय को देखकर वो उठी और पास ही पड़ा दुपट्टा उठाकर ख़ुद को ढाँप लिया और बिना कुछ कहे अंदर चली गई। निवेदिता के पापा शेयर मार्किट के बारे में निर्मय के ज्ञान से प्रभावित होने लगे थे, इसी वजह से अक्सर निर्मय का उसके घर आना-जाना शुरू हो गया था। अब तो अक्सर चाय और खाना भी होने लगा था।

निवेदिता बीकॉम कर रही थी। निर्मय कर चुका था। इसीलिए निवेदिता को समझाने और उसके डाउट्स दूर करने का ज़िम्मा भी निर्मय पर आ चुका था। इस तरह दोनों के बीच मुलाक़ातें बढ़ने लगीं। निर्मय के पास यामाहा की RX100 बाइक थी। मात्र 100 CC की ताक़त के साथ, यह बाइक कमाल की थी। कुछ समय बाद तो निर्मय ने निवेदिता को घर से कुछ दूर से पिक करना और कॉलेज से घर छोड़ना अपनी ज़िम्मेदारी बना लिया था। निवेदिता मेरठ कॉलेज में पढ़ती थी। दोनों के बीच छोटी-छोटी चुहलबाज़ी, शरारतें, रूठने-मनाने के दौर की शुरुआत हो चुकी थी। या कहें कि एक-दूसरे की तरफ़ प्यार का पहला क़दम बढ़ा चुके थे।

"तुम बाइक धीरे चलाया करो। किसी दिन ऐसा होगा कि मैं गिर जाऊँगी और तुम्हें ख़बर भी न होगी।" निवेदिता ने शिकायती लहजे में कहा।

"तो ग़लती भी तुम्हारी ही होगी। कितनी बार कहा है कि दोनों तरफ़ पैर करके बैठा करो, लेकिन तुम्हें तो शर्म आती है।" निर्मय ने नाराज़गी से कहा।

"मैं कौन-सा तुम्हारी गर्लफ्रेंड हूँ जो तुम्हारे कहने से बैठूँ?" निवेदिता ने हँसते हुए कहा।

"इस ज़माने में तुम्हारे जैसी पुराने विचारों की लड़की मेरी गर्लफ्रेंड हो भी नहीं सकती। तुम्हारी तो हाइट भी ज़रा-सी है।" निर्मय ने अपने दोनों हाथों के बीच में थोड़ा-सा गैप रखते हुए कहा।

निर्मय ठहरा 6 फीट का इंसान और निवेदिता उसके मुकाबले बस 5.2 फीट थी। निवेदिता को पता तो था कि निर्मय को एक अच्छी हाइट वाली लड़की चाहिए, लेकिन इश्क़ की शुरुआत उसके साथ हो रही थी।

"तो रोज़ मुझे क्यूँ लेने-छोड़ने आते हो? कुछ काम में दिमाग़ लगाओ, पैसे कमाओ। क्यूँ बाइक का शीशा मोड़कर मेरी तरफ़ कर देते हो?" निवेदिता ने उसे किलसाने के लिए कहा।

“इस वजह से कहीं अगर तुम गिर जाओ तो मुझे पता चल सके।” निर्मय ने नक़ली हँसी हँसते हुए कहा।

“अच्छा मेरी एक दोस्त है। उससे बात करवाऊँ? उसकी हाइट वैसी ही है जैसी तुम्हें चाहिए।” निवेदिता ने उसकी थाह लेनी चाही।

“नहीं, मुझे एक को ही झेलना भारी पड़ रहा है, दूसरी कैसे सँभालूँगा?” निर्मय ने छेड़ते हुए कहा।

“अर्जुन की दुकान पर चलें?” निर्मय ने उससे पूछा।

अर्जुन निर्मय का सबसे ख़ास दोस्त था। उसकी एक गिफ्ट शॉप थी, जहाँ वो दोनों अक्सर जाकर बैठ जाते थे। अर्जुन भी उन्हें पूरा स्पेस देता था। उसकी दुकान आरजी कॉलेज के पास थी, जहाँ लड़के-लड़कियाँ अक्सर मिलने के लिए उसकी दुकान का इस्तेमाल करते थे। उसकी दुकान में एक छोटा-सा पार्टीशन था, जिसके पीछे लोग किसी की नज़र में नहीं आते थे।

“नहीं, वहाँ हमेशा कोई न कोई होता ही है। ज़्यादा वहाँ जाएँगे तो नज़र में आने का ख़तरा है। किसी ने घर पर बता दिया तो घर से निकलना भी बंद हो जाएगा।” निवेदिता ने थोड़ी उदासी से कहा।

“तुम तो घणी डरपोक हो।” निर्मय ने थोड़ा राजस्थानी अंदाज़ में कहा।

“वैसे अब हम फ़ोन पर भी बातें कर सकते हैं। कल ही घर पर फ़ोन लगा है।” निवेदिता ने चहकते हुए बताया।

“तुम्हारे कमरे में लगा है क्या?” निर्मय ने ताना मारा।

“नहीं, लेकिन रात को बात करने का इंतज़ाम कर सकती हूँ... यदि तुम्हें कोई इंटरेस्ट हो तो।” निवेदिता ने भी ताना मारा।

“नंबर दो।” निर्मय ने आँखों में चमक लिए कहा।

निवेदिता ने उसे नंबर दे दिया। निर्मय का नंबर उसके पास था ही।

“कितने बजे फ़ोन करूँ?” निवेदिता ने उत्सुकता से पूछा।

"जब चाहो। मैं इंतज़ार करूँगा।"

***

निवेदिता ने रात को 1 बजे के क़रीब उसे फ़ोन किया और दोनों सुबह तक बातें करते रहे। एक-दूसरे को छेड़ना, गाने सुनाना, हँसी-मज़ाक करना, रोज़ की बात होने लगी। कई बार तो निर्मय की बातें और चुटकुले सुनकर, जिनमें कुछ अश्लील भी होते थे, निवेदिता को अपनी हँसी रोकने में बहुत मेहनत करनी पड़ती थी। वो कस के अपना मुँह दबा लेती और नाक से ही सारी हँसी बाहर छोड़ती। उसका कमरा बिलकुल उसके मम्मी-पापा के कमरे के पास ही जो था। प्यार-मोहब्बत की अगली सीढ़ी पर पैर रख चुके थे दोनों। फ़ोन पर ही एक-दूसरे को लगातार किस करते रहना, बिना कुछ कहे साँसों को महसूस करना, कुछ शरारत भरी बातें करना जिन्हें सुन निवेदिता शरमा जाती थी, रोज़ का शगल बन गया था।

"तुम मुझे पागल बनाते जा रहे हो।" निवेदिता ने कहा।

"कैसे? मैंने क्या किया?" निर्मय ने मासूमियत से पूछा।

"आज मम्मी ने टोक दिया। कह रही थीं कि कई दिनों से देख रही हूँ तू बिना बात हँसती रहती है। सड़क पर चलो तो हँसती है, पढ़ते-पढ़ते हँसती रहती है। तुझे किसकी बातें इतनी याद आ रही हैं, कोई लड़का है क्या?" निवेदिता ने अपनी हँसी दबाते हुए कहा।

"तो कह देती, वही लड़का है जिसे आपने मुझे पढ़ाने के लिए कह रखा है।" निर्मय ने हँसते हुए कहा।

"शामत आ जाएगी, ढोल-बाजे के साथ।" निवेदिता ने कहा।

इसी तरह कुछ दिन और बीत गए। एक दिन निर्मय का फ़ोन बजा। रात के 11 बज रहे थे। "निवेदिता 1 बजे से पहले फ़ोन नहीं करती तो यह किसका फ़ोन हो सकता है।" यह सोचते हुए उसने फ़ोन उठाया और ख़ामोश रहा। हैलो भी नहीं कहा।

उधर से आवाज़ आई, "हैलो।"

यह एक लड़की की आवाज़ थी। निर्मय को कुछ समझ नहीं आया तो उसने पूछा, "किससे बात करनी है?"

"आपसे।"

"आपको मेरा नाम भी मालूम है?"

"हाँ, मालूम है... निर्मय।"

"क्या बात करनी है?"

"आपसे दोस्ती करनी है।"

"मेरा नंबर किसने दिया? और ये मज़ाक करने के लिए किसने कहा? अर्जुन ने?"

"वो सब मैं बता दूँगी, लेकिन पहले आप दोस्ती करने के लिए हामी तो भरिए।"

"मुझे कोई दोस्ती नहीं करनी। मेरी गर्लफ्रेंड है।" इतना कहकर निर्मय ने जवाब का इंतज़ार किए बिना फ़ोन रख दिया। उसने उसका नाम तक नहीं पूछा। रात को जब निवेदिता का फ़ोन आया तो उसने उसे इस फ़ोन के बारे में बताया। निवेदिता ने कहा, "होगी कोई मनचली।"

लेकिन उस दूसरी लड़की ने फ़ोन करना नहीं छोड़ा। वो रोज़ निर्मय को फ़ोन करती। अगर निर्मय की जगह कोई और फ़ोन उठाता तो बिना कुछ कहे काट देती, या कभी रॉन्ग नंबर बता देती। यह सिलसिला कई दिन चला। एक दिन जब उस लड़की का फ़ोन आया तो निर्मय ने उसका नाम पूछा। उसने अपना नाम गायत्री बताया।

"कल घर में कोई नहीं होगा। तुम्हें मुझसे दोस्ती करनी है तो आमने-सामने बैठकर बातें करेंगे।" निर्मय ने उसे टालने के इरादे से कहा।

"घर का पता दो।" गायत्री ने तपाक से कहा।

निर्मय, जो इस जवाब की उम्मीद नहीं कर रहा था, ने सोचा कि आएगी थोड़ी न, यही सोचकर उसने उसे अपने घर का पता दे दिया और आने का समय भी बता दिया। लेकिन ऐसा नहीं था कि निर्मय घर में अकेला था। उसने बस झूठ बोला था।

अगले दिन निर्मय अपने काम में व्यस्त रहा, लेकिन समय से घर पहुँच गया। कुछ देर बाद डोरबेल बजी। गायत्री के आने के अंदेशे से ही, वो भागकर ऊपर पहुँचा और जाते-जाते मम्मी से कहता गया कि, "कोई मुझे पूछे तो कह देना कि मैं घर पर नहीं हूँ।" ऊपर जाकर वो इस तरह छिपकर बैठ गया कि उसकी नज़र आने वाले पर रहे।

उसकी मम्मी ने दरवाज़ा खोला तो देखा कि एक बेहद ख़ूबसूरत, 5.6 फीट की एक छरहरी मॉडर्न लड़की उसके बारे में पूछ रही थी। निर्मय उसे देखता ही रह गया। लेकिन उसकी मम्मी ने उसके घर पर न होने की बात कही। गायत्री दरवाज़े से ही वापस लौट गई।

फिर गायत्री ने कई दिन तक निर्मय को फ़ोन नहीं किया जबकि इधर वह उसके फ़ोन का इंतज़ार करता रहा। तब फ़ोन में कॉलर आईडी जैसी सुविधाएँ तो होती नहीं थीं तो उसके पास इंतज़ार करने के सिवा कोई चारा न था। गायत्री को देखने भर से उसके दिल की धड़कनें क़ाबू में नहीं रही थीं। उसने उसे घड़ी भर ही देखा था, लेकिन अक्सर अपनी सोच में उसकी तस्वीर बनाने की कोशिश करता रहता था। जब निवेदिता के साथ होता तो थोड़ा आराम रहता पर उस समय में उसके ख़्याल में गायत्री आती-जाती रहती।

"क्या हुआ? आजकल भटके हुए लगते हो?" निवेदिता ने पूछा।

"नहीं कुछ नहीं। सारी रात तुमसे बात करता हूँ तो नींद पूरी नहीं हो पा रही।"

"यह तो मेरे साथ भी हो रहा है। लेकिन जब तुम्हारे साथ होती हूँ तो पलक भी नहीं झपकाना चाहती। बस तुहें देखते रहना चाहती हूँ।" निवेदिता ने भोला-सा मुँह बनाते हुए कहा।

उसकी ऐसी अदा देखकर निर्मय ने उसकी ठुड्डी को खींचते हुए कहा, "ड्रामेबाज़ पक्की हो तुम।"

"तुमसे ही सीख रही हूँ।"

***

कुछ दिन बाद गायत्री का फिर फ़ोन आया। निर्मय ने फ़ोन उठाया और उसकी आवाज़ सुनकर उसकी बाँछें खिल गईं। लेकिन अपनी ख़ुशी को नियंत्रण में रख उसने कहा, "तुमने फिर फ़ोन कर दिया?"

"तुम उस दिन मिले क्यूँ नहीं मुझसे?"

"मैं भूल गया था कि मैंने तुम्हें आने के लिए कहा था।"

"झूठ तो ढंग से बोल लिया करो।"

"क्या मतलब?"

"मतलब यह कि जनाब आपका मुझसे मिलने का कोई इरादा था ही नहीं। आपकी मम्मी तो घर पर ही थीं। आप घर में छिपे रहे। कम-से-कम बाहर तो आ जाते।" गायत्री ने कहा।

"मैं घर पर नहीं था। अगर होता तो भला क्यूँ न मिलता, तुम्हीं बताओ?"

"फिर झूठ। आपकी बाइक तो बाहर ही खड़ी थी। नहीं मिलना तो सीधा-सीधा कहिए। नखरे क्यूँ दिखा रहे हैं।"

निर्मय का झूठ फिर पकड़ा गया था। उससे कुछ कहते न बना। गायत्री ने आगे कहा, "रात को फ़ोन करूँगी। अगर उठा लिया तो ठीक वरना आज के बाद परेशान नहीं करूँगी।" इतना कहकर उसने फ़ोन रख दिया।

***

रात 12 बजे के क़रीब जैसे ही फ़ोन बजा, निर्मय ने पहली घंटी में ही फ़ोन उठा लिया। बेसब्री से इंतज़ार कर रहा था।

"ओहो, तो महाशय इंतज़ार कर रहे थे।" गायत्री ने गर्मजोशी से कहा।

"नहीं तो। बस किसी की नींद न खुले इसीलिए जल्दी उठा लिया।" निर्मय ने झेंपते हुए कहा।

"और तुम्हारी गर्लफ्रेंड कैसी है?" गायत्री ने पूछा।

"बढ़िया है। और तुम्हारा बॉयफ्रेंड?" निर्मय ने पूछा।

"मेरा कोई बॉयफ्रेंड नहीं है।"

"मैं मान ही नहीं सकता। तुम इतनी मॉडर्न हो, सुंदर हो। तुम्हें आज तक किसी ने प्रोपोज़ नहीं किया?"

"अरे, प्रोपोज़ करना और बॉयफ्रेंड होना दोनों अलग बातें हैं। वैसे तुमने कौन-सा मेरा प्रोपोज़ल एक्सेप्ट कर लिया।"

"मैंने तुम्हें पहले देखा नहीं था।"

"अच्छा जी, अब तो देख लिया न।"

"हाँ। लेकिन हम सिर्फ़ दोस्तों की तरह बात करेंगे। मैं अपनी गर्लफ्रेंड के साथ ख़ुश हूँ।"

"तुमने ख़्वाब भी देख लिए? मैं कौन-सा तुम्हारी गर्लफ्रेंड बनने के लिए मरी जा रही हूँ।"

"तो तुम मुझसे बात करने के लिए इतनी उतावली क्यूँ हो?"

"यह सही सवाल पूछा तुमने।"

"जवाब तो दो?"

"अभी नहीं।"

दोनों बात कर ही रहे थे कि निर्मय को दूसरी कॉल की घंटी आती सुनाई दी। उसने समय देखा तो 1 बज चुका था। यह निवेदिता की कॉल थी। उसने तुरंत गायत्री को बाय कहा और निवेदिता से बात करने लगा।

"किससे बात कर रहे थे?" निवेदिता ने सीधा पूछा।

"किसी से नहीं, बस एक दोस्त का फ़ोन आ गया था।"

"लड़की या लड़का?"

"अरे यार शक मत करो। लड़का ही था।" निर्मय ने तुनककर कहा।

"मुझे डर लगा रहता है कि कहीं तुम्हें कोई तुम्हारी मनपसंद हाइट की न मिल जाए।" निवेदिता ने चिंता ज़ाहिर की।

"अगर मिल गई तो क्या करोगी?"

"क्या कर सकती हूँ? कुछ दिन रोने-धोने में बीतेंगे, पुराने दर्द भरे गाने सुनूँगी, मूड ख़राब रहेगा तो घर वालों की डाँट सुन लूँगी, तुम्हारे साथ बिताए समय को मिटाने की नाकामयाब कोशिश में लगी रहूँगी और एक टीस के साथ ज़िंदगी गुज़र ही जाएगी।" निवेदिता ने हँसते हुए कहा।

"पूरी फिल्मी हो।"

इस तरह दिन गुज़रने लगे। निर्मय अब पीसीओ जाकर दिन में गायत्री से बात करता और कुछ समय रात में। निवेदिता के समय पर उससे बात करता। लेकिन समय के साथ उसका निवेदिता से बात करना कम होता गया। रात में भी थोड़ी बात करने के बाद कोई न कोई बहाना बनाकर फ़ोन रख देता। कई बार निवेदिता दोबारा फ़ोन करती। फ़ोन की घंटी जाती तो वो फ़ोन काट देती, लेकिन कभी निर्मय का फ़ोन व्यस्त मिलता। उस स्थिति में निर्मय कोई न कोई बहाना बना देता और निवेदिता यक़ीन भी कर लेती। उधर निर्मय और गायत्री एक-दूसरे के बहुत पास आ चुके थे, बहुत पास।

फिर वो दिन आया जिस दिन निवेदिता का दिल टूटा। वो भी एक नहीं, दो बार, एक ही समय पर।

निर्मय, गायत्री के साथ अर्जुन की दुकान में बैठा था कि तभी उसके कानों में अर्जुन की आवाज़ आई, "अरे निवेदिता तुम यहाँ?"

निवेदिता को वहाँ पाकर निर्मय घबरा गया। उसे लगने लगा कि आज उसकी चोरी पकड़ी जाएगी। लेकिन निर्मय को दूसरा झटका लगना बाक़ी था।

"चलो तुम्हें किसी से मिलवाती हूँ।" गायत्री ने कहा और उठकर बाहर आ गई।

"और निवेदिता कैसी हो?" गायत्री ने बाहर आकर कहा।

अंदर निर्मय बैठा सोच रहा था कि ये दोनों एक-दूसरे को कैसे जानती हैं?

"अर्जुन, तुमने यह बढ़िया कर रखा है। जोड़ों को बनाने का काम। सारी जोड़ियाँ यहीं बन रही हैं।" निवेदिता ने हँसते हुए कहा। लेकिन अर्जुन पसीने-पसीने था।

"कहाँ हैं तुम्हारे प्रियतम?" निवेदिता ने गायत्री को छेड़ते हुए पूछा।

"उन्हें मैंने बताया नहीं था कि आज उन्हें किसी से मिलवाऊँगी। चलो।" गायत्री ने निवेदिता को अंदर आने के लिए कहा।

निर्मय की साँसें धौंकनी-सी चल रही थीं।

"निवेदिता, यह है निर्मय।" गायत्री के इतना कहते ही निवेदिता जड़ हो गई। उसने निर्मय को देखा जो सिर झुकाए बैठा था।

"यह नहीं हो सकता।" निवेदिता के मुँह से बस इतना ही निकला। उसने अपने क़दम बाहर खींच लिए और अर्जुन की कुर्सी पर आकर बैठ गई। स्थिति को भाँपकर अर्जुन वहाँ से खिसक लिया था।

"क्या हुआ निवेदिता?" गायत्री ने पूछा।

"तुमने तो कहा था कि निर्मय ने तुमसे बात करने से भी मना कर दिया था।" निवेदिता ने गायत्री को देखकर कहा। उसकी आँखों से आँसू झरने-से बह चले थे।

"जब तुमने मुझे इनका नंबर देकर बस यूँ ही कुछ मस्ती करने के लिए कहा था तो इन्होंने मुझसे कोई बात नहीं की थी। लेकिन ऐसा लड़का देखकर, जो लड़की से दूर भाग रहा हो, मुझसे रहा नहीं गया और मैं फ़ोन करती रही। मुझे बस इन्हें और जानना था, लेकिन इनकी बातों में ऐसा उलझी कि इनके प्यार में डूबती ही चली गई। मुझे नहीं पता था कि तुम्हारा और निर्मय का कोई... तुमने भी तो कभी ज़िक्र नहीं किया था।" गायत्री ने कहा।

"निर्मय..." निवेदिता ने वहीं बैठे-बैठे पुकारा।

उसने कोई जवाब नहीं दिया तो निवेदिता ने आगे कहा, "मैंने तुमसे पूछा था निर्मय पर तुमने मुझसे झूठ बोला। तुम मुझे बता सकते थे। तुम्हारे मुँह से यह सच्चाई सुनने की हक़दार थी मैं।"

निर्मय ने अब भी कोई जवाब नहीं दिया। निवेदिता वहाँ से उठकर चली गई। बाद में निर्मय ने उससे बात करने की बहुत कोशिशें कीं, लेकिन कामयाब न हो सका। निर्मय की शादी गायत्री से होने के बाद निवेदिता की शादी अर्जुन से हुई, जो घर वालों द्वारा तय की गई थी।

जीवन वह फूल है जिसके लिए प्रेम शहद है।

- विक्टर ह्यूगो

दुमछल्ला :
निर्मय और प्रियल

प्रियल की मम्मी की मौत वाले दिन, जब प्रियल निर्मय के गले आकर लगी तो निर्मय को अहसास हो गया कि वो प्रियल के साथ अपनी भावनाएँ जोड़ चुका है। लेकिन वो इस अहसास को भी नहीं भूला कि उसकी गायत्री के प्रति भी बहुत ज़िम्मेदारियाँ हैं। लेकिन इन हालात में उसे प्रियल को अकेला छोड़ना भी गवारा नहीं था। वो अकेली थी, उसका साथ देने वाला कोई नहीं था।

कुछ दिनों बाद प्रियल ने दोबारा ऑफ़िस आना शुरू किया। निर्मय की पूरी कोशिश थी कि उसके और प्रियल के बीच दूरी बनी रहे। इसीलिए उसने प्रियल की बात गायत्री से कराई। उसे लग रहा था कि गायत्री प्रियल को अच्छे से समझ भी सकती है और समझा भी सकती है। प्रियल को भी एक दोस्त का साथ मिल जाता। ऐसा दोस्त जिससे वो अपने दिल की बातें खुलकर कर सकती थी।

प्रियल को भी कोई ऐतराज़ न हुआ। जल्द ही गायत्री और प्रियल के बीच बातचीत शुरू हो गई। गायत्री कभी-कभी प्रियल को घर भी बुलाती तो प्रियल को भी जाने में कोई संकोच नहीं होता था। प्रियल को कभी देर हो जाती तो निर्मय उसे घर तक छोड़ने भी जाता। यहीं से निर्मय की तकलीफ़ों का दौर शुरू हो गया। जिस अहसास से वो ख़ुद बचना चाह रहा था और प्रियल को भी बचाना चाह रहा था, वही अहसास बढ़ने लगा। जब निर्मय, प्रियल को घर छोड़ने जाता तो समय के साथ उन दोनों का कार में बीतने वाला समय बढ़ने लगा, घर जाने के लिए लंबे रास्ते लिए जाने लगे, घर आने के बाद, देर होने के नए-नए बहाने दिए जाने लगे।

"प्रियल, कुछ अपनी मम्मी के बारे में बताओ?" निर्मय ने पूछा।

"क्या बताऊँ? अच्छी थीं, सबसे बहुत प्यार करती थीं, सबका ख़्याल रखती थीं। मज़बूत तो थीं, लेकिन ख़ुद को कमज़ोर बना लिया था। पापा और मौसी के अफ़ेयर ने उन्हें मजबूर बना दिया था। न वो पापा से दूर जाना चाहती थीं और न मौसी से, इसीलिए ख़ुद को ही सबसे दूर कर लिया।" प्रियल ने बताया।

प्रियल, निर्मय के साथ ख़ुश रहने लगी थी। निर्मय का साथ उसे बहुत भाता था। लेकिन जब वो गायत्री के सामने होती तो एक अपराधबोध से घिरी रहती। उसे लगता कि वो उन दोनों के बीच आ रही है, जैसे उसके माँ-बाप के बाच में मौसी आ गई थी। वो समझती थी कि उसके और निर्मय के बीच कुछ नहीं हो सकता क्यूँकि निर्मय शादीशुदा था, उनकी उम्र में आठ साल का फ़र्क था और वो ईसाई थी। यही सोचकर उसने एक दिन निर्मय को फ़ोन किया और कहा, "मैं आज से ऑफ़िस नहीं आऊँगी।"

"क्यूँ, क्या हुआ?" निर्मय ने पूछा।

प्रियल ने बिना किसी लाग-लपेट के उसे अपने मन में चल रही सारी उठा-पठक से अवगत करा दिया। निर्मय को उसकी सोच ठीक लगी इसीलिए उसने आगे कुछ नहीं कहा, लेकिन उस दिन उसका मन बहुत दुखा। प्रियल को प्यार जो करने लगा था। लेकिन वो भी समझता था कि एक कम उम्र की लड़की के प्रति पैदा हुआ आकर्षण, जो नैसर्गिक होता है, जितनी जल्दी ख़त्म हो जाए, उतना ठीक होगा। कुछ दिन तो निर्मय उदास रहा, फिर समय के साथ उसने ख़ुद को सँभाल लिया। गायत्री से उसकी उदासी न छुप सकी। उसके पूछने पर निर्मय ने भी कुछ नहीं छिपाया और प्रियल को लेकर अपनी भावनाएँ उसे बता दीं।

"यह सब कब शुरू हुआ?" गायत्री ने पूछा।

"शुरू कुछ नहीं हुआ था बस एक अहसास था। तुम्हें घबराने की ज़रूरत नहीं है।" निर्मय ने कहा।

"थोड़ी तो ज़रूरत है। मुझे पता है कि जब मैं तुमसे मिली थी तो तुमने निवेदिता के साथ क्या किया था।" गायत्री ने कहा।

"वो बचपना था। इतनी तमीज़ नहीं थी। इतनी समझ नहीं थी। और न किसी की क़द्र करनी आती थी।" निर्मय ने कहा।

बात आई-गई हो गई। निर्मय, प्रियल की यादों से बाहर आ ही चुका था कि एक दिन उसके पास प्रियल का फ़ोन आया, "कुछ पैसों की ज़रूरत है।"

"कितने चाहिए?" निर्मय ने पूछा।

"दो हज़ार रुपए, लेकिन मैं जल्दी लौटा दूँगी।"

"जल्दी कैसे वापस करोगी? कहीं जॉब कर रही हो क्या?"

"नहीं।"

"तो फिर?" निर्मय ने आगे कहा, "ऑफ़िस आकर पैसे ले जाओ।"

कुछ देर बाद प्रियल ऑफ़िस आई और निर्मय के सामने आकर बैठ गई। निर्मय ने भी ज़्यादा कुछ नहीं कहा और दो हज़ार रुपए उसके हाथ में थमाते हुए बोला, "और कुछ?"

प्रियल ने रुपए लिए और कुछ नहीं कहा, बस सिर झुकाए बैठी रही। निर्मय ने नोटिस किया कि प्रियल के गालों पर आँसू थे। निर्मय किसी भी प्रतिकूल स्थिति में ख़ुद को डालने के लिए तैयार नहीं था इसीलिए उसने उसे इग्नोर किया। वो नहीं चाहता था कि प्रियल उससे कोई भी भावनात्मक बात कह दे या अपने घर की कोई समस्या बता दे। उसे अपनी हालत का अहसास था कि इस कुछ दिन के रिश्ते से भी उबरने में उसे कितना समय लगा था और गायत्री की भौंहें तन गई थीं। वो वापिस प्रियल के साथ किसी भी रूप में नहीं जुड़ना चाहता था... लेकिन सिर्फ़ चाहने से क्या होता है?

"मैंने बहुत कोशिश की पर आपकी बातें मुझे कभी अकेला नहीं रहने देतीं। मैं हमेशा आपके बारे में ही सोचती रहती हूँ। यह सब मैंने

आपसे पहले भी कहा है, लेकिन इस बार बहुत अलग महसूस कर रही हूँ।" प्रियल ने कहा।

कमोबेश निर्मय का भी यही हाल था लेकिन उसका अनुभव ज़्यादा था तो वो दिल की बात नहीं कह रहा था। वो अपनी भावनाओं को नियंत्रित रखना चाहता था।

"क्या मैं दोबारा ऑफ़िस आ सकती हूँ?" प्रियल ने अपनी इच्छा जताई।

"जूसी...," अचानक ही निर्मय के मुँह से यह शब्द सुनकर प्रियल की आँखों में चमक उभर आई और इससे पहले कि निर्मय अपनी बात ख़त्म करता उसे अपनी ग़लती का अहसास हो गया। उसके मन की चाह एक ही पल में प्रियल के सामने थी।

निर्मय अपनी बात पूरी करता उससे पहले ही प्रियल ने कहा, "बस यही नाम तो मैं सुनना चाहती हूँ, जूसी। जब आप मुझे इस नाम से पुकारते हैं तो इतना अपनापन महसूस होता है कि बता नहीं सकती। प्लीज़ मुझे यहाँ काम करने दीजिए। मुझे पता है कि मुश्किल होगा लेकिन..."

कुछ देर पहले तक जिस अहसास से निर्मय बचना चाह रहा था और प्रियल को बचाना चाह रहा था, वही अहसास उन दोनों के बीच की दूरियाँ कम कर रहा था। 'जूसी', इस शब्द की भी अपनी कहानी थी। निर्मय, प्रियल को इस अनोखे नाम से पुकारता था। जब प्रियल ने 'जूसी' कहने की वजह पूछी तो जो निर्मय ने बयाता उसे सुनकर वो शरमा गई थी। निर्मय और प्रियल के बीच हल्के-फुल्के मज़ाक शुरू हो चुके थे। कभी-कभी वो बातों में लाइन क्रॉस कर जाते थे। ऐसे ही एक दिन जब प्रियल ऑफ़िस आई तो उसने एक टी-शर्ट पहन रखी थी। टी-शर्ट के बीच में बड़े-बड़े अक्षरों में लिखा था, 'JUICY'। जब प्रियल निर्मय के केबिन में आई तो निर्मय ने बड़ी मासूमियत से उससे पूछा, "इस टी-शर्ट पर जहाँ 'JUICY' लिखा है, उसका मतलब क्या है?" और प्रियल को देखने लगा।

प्रियल को उसका इशारा समझने में ज़रा भी समय नहीं लगा और मतलब समझकर वो तेज़ी से बाहर जाने के लिए मुड़ी, लेकिन हड़बड़ी में खुले दरवाज़े से टकरा गई। उस पूरे दिन वो निर्मय के सामने पड़ने से कतराती रही। लेकिन उस दिन के बाद निर्मय ने उसे 'जूसी' कहकर ही पुकारना शुरू कर दिया था।

"प्रियल, मैं भी बहुत कुछ नहीं भूल पा रहा हूँ। लेकिन हम दोनों के लिए यही सही रहेगा कि हम एक-दूसरे से दूर रहें। इन रिश्तों की परिणति सिर्फ़ बर्बादी में है। किसी को कुछ हासिल नहीं होता।" निर्मय ने उसे समझाते हुए कहा।

वह आगे बोला, "तुम्हें अगर पैसों की ज़रूरत है तो तुम यहाँ काम कर सकती हो, लेकिन मेरे आस-पास या साथ रह सको, इस वजह से यहाँ मत आओ।"

प्रियल ने फिर ऑफ़िस आना शुरू कर दिया। प्यार, आकर्षण, उम्मीद ऐसी चिंगारियाँ हैं जो बिना भड़काए भी भड़क जाती हैं। दोनों के साथ भी यही हुआ। कुछ ही दिनों में दोनों फिर क़रीब आ गए, और इस बार बिना किसी बहाने के और पहले से ज़्यादा क़रीब।

एक दिन जब निर्मय, प्रियल के साथ कार में घूम रहा था कि अचानक उसने साइड में कार रोकी और प्रियल को देखने लगा।

"जूसी, मेरी तरफ़ देखो।" उसने कहा।

प्रियल ने उसकी तरफ़ नहीं देखा। निर्मय ने उसके गाल पर पड़े बालों को उसके कान के पीछे किया और एक हल्की-सी 'पारी' उसके गाल पर कर दी। प्रियल ख़ुद में सिमटने लगी। वो अपनी बाँहें सहलाते हुए अपने कंधों तक ले गई और कंधे उचकाकर बहुत ही प्यार से उसकी तरफ़ देखा। प्रियल का चेहरा निर्मय को इस समय बहुत प्यारा लग रहा था। ख़ुद में सिमटी प्रियल को वो कस के बाँहों में भर लेना चाहता था।

तभी प्रियल ने अपना एक हाथ निर्मय की तरफ़ बढ़ाते हुए कहा, "देखो, गूजबम्प्स आ गए हैं।"

निर्मय जैसे इसी फ़िराक़ में था। उसने उसका हाथ पकड़कर देखा। हल्के-से रोएँ जैसे बाल उसे खड़े नज़र आए। उसने उसके हाथ को सहलाना शुरू कर दिया।

"मत करो।" प्रियल ने सकुचाते हुए कहा।

"क्यूँ? क्या हुआ जूसी?"

"कुछ नहीं।" इतना कहकर प्रियल ने अपना हाथ उसके हाथों से निकाल लिया और दोनों हाथ बाँधकर बैठ गई।

निर्मय से यह जानकार कि प्रियल ने दोबारा ऑफ़िस आना शुरू कर दिया है, और यह देखकर कि फ़ोन से दूर रहने वाला निर्मय अब अक्सर फ़ोन से ही चिपका रहता है, गायत्री निर्मय से नए-नए सवाल करने लगी थी। लेकिन ये सवाल कभी बहुत आगे नहीं बढ़े। निर्मय यह कहकर कि, "नए ज़माने के हिसाब से फ़ोन का महत्व बढ़ गया है, क्लाइंट्स को इग्नोर नहीं कर सकता, कमोडिटी ट्रेडिंग रात के बारह बजे तक चलती है, तुम क्या चाहती हो कि मैं सारी रात भी ऑफ़िस में रहूँ?" गायत्री को शांत रखता। गायत्री समझ भी जाती क्यूँकि निर्मय ने कमोडिटी ट्रेडिंग का काम शुरू किया था और वह रात तक ही चलता था। शाम को जब निर्मय प्रियल को घर छोड़ देता तो उनका बहुत सारा वक़्त एक-दूसरे को मैसेज करने में बीतता।

दोनों का एक-दूसरे के बिना रहना मुश्किल हो रहा था। दोनों जितना क़रीब थे उससे और ज़्यादा क़रीब आना चाहते थे। कार में घूमने से, ऑफ़िस में मिलने से या फ़ोन पर बात करने से आख़िर कितनी ख़्वाहिशें पूरी हो सकती थीं। दोनों उस रास्ते पर चल रहे थे जिस पर चलने का अंजाम प्रियल देख चुकी थी और निर्मय को फ़र्क ही नहीं पड़ता था। उसका तो हमेशा से मानना रहा था कि यदि 24 घंटों में से कुछ समय वो अपने लिए निकाल रहा था तो कुछ ग़लत नहीं कर रहा था।

निर्मय ने पांडव नगर में एक घर किराये पर ले लिया जहाँ वो दोनों बिना किसी डर के जी सकें, प्यार कर सकें, एक-दूसरे में पिघल सकें।

अब उन दोनों की हर शाम वहीं गुज़रने लगी। दोनों की मनमर्ज़ियाँ ख़्वाब से हक़ीक़त में तब्दील होने लगीं। ऐसा नहीं था कि वे केवल एक-दूसरे में खो रहे थे, निर्मय उसे स्टॉक मार्केट की सभी बारीकियाँ भी सिखा रहा था। वो उसे बेहतर बना रहा था ताकि उसे ज़िंदगी में कभी पैसों का मोहताज न रहना पड़े। वो चाहता था कि प्रियल हमेशा अपने पैरों पर खड़ी रहे। यह शायद उसके डर का नतीजा भी था। उसने देखा था कि उसकी माँ ने ख़ुद के साथ क्या किया था। शायद उसे लगता था कि यदि उसकी माँ आर्थिक रूप से किसी पर निर्भर न होती तो ऐसा नहीं करती। ऐसा उसने गायत्री के साथ भी किया था।

***

गायत्री के साथ शादी से पहले एक दिन, गायत्री के किसी रिश्तेदार ने उन दोनों को साथ बाइक पर घूमते देख लिया था और गायत्री के घर बता दिया था। उसके घरवालों ने उसका घर से बाहर निकलना बंद करा दिया। जब एक दिन गायत्री ने यह बात निर्मय को बताई तो वह बेधड़क उसके घर पहुँच गया और बोला, "मुझसे मिलना पसंद नहीं तो मुझे बताओ, इसका कॉलेज जाना क्यूँ छुड़वा रहे हैं? आप यही चाहते हैं न कि इससे न मिलूँ तो नहीं मिलूँगा, मैं वादा करता हूँ।"

कुछ दिन तक तो गायत्री के घर से कोई न कोई उसके साथ ही कॉलेज जाता और लेने भी जाता। लेकिन कुछ समय में जब लगने लगा कि निर्मय कहीं नज़र नहीं आता तो गायत्री अकेले जाने लगी।

जिस दिन गायत्री काफ़ी दिनों बाद अकेली आई, निर्मय उसके सामने आया और हँसते हुए बोला, "मज़ा आया मेरे बिना?"

"तुमने तो पापा से वादा किया था कि मुझसे नहीं मिलोगे?" गायत्री ने पूछा।

"मुझे जो चाहिए था वह मिल गया तो वादे का क्या करना है!" निर्मय ने हँसते हुए कहा।

"क्या मिल गया?"

"उनका विश्वास।"

"फिर पकड़े गए तो?"

"एक और वादा।" कहकर निर्मय तेज़ हँसा।

***

निर्मय की एक नई आदत बन गई थी। प्रियल और उसके बीच जितने भी मैसेज होते वो उन्हें डिलीट नहीं करता था, बल्कि मैसेज बॉक्स भरने के बाद नया फ़ोन ले लेता। वो उसकी हर याद को सँजोकर रख रहा था।

बहरहाल, आपके विचार समाज के कितने भी विपरीत हों, हर रिश्ते का अंजाम समाज ही तय करता है। समाज एक दलदल की तरह है जिससे कोई पार नहीं पा सकता। समय के साथ प्रियल के सिर से निर्मय के प्यार का भूत उतरने लगा और वो अपने पहले प्यार विक्रम की तरफ़ दोबारा आकर्षित होने लगी। इसमें अहम योगदान उस मैसेज करने वाले का भी रहा जो प्रियल को उसके और निर्मय के संबंधों के बारे में हर जानकारी दे रहा था। इधर निर्मय और गायत्री का रिश्ता पूरी तरह ख़राब हो चुका था जिसको सँभालने की निर्मय की हर कोशिश नाकामयाब रही।

जब अर्जुन, गायत्री, प्रियल और विक्रम एक साथ बैठे तो कुछ षड्यंत्र सामने आए, लेकिन तब तक बहुत देर हो चुकी थी। तीनों चले गए और प्रियल अकेली सोच में डूबी बैठी रही। कुछ देर बाद गायत्री वापस आई और प्रियल के सामने एक डायरी रखते हुए कहा, "ये वो मैसेज हैं जो तुम्हारे और निर्मय के बीच हुए थे। निर्मय ने सबको इस डायरी में लिख लिया था। उसके जाने के बाद उसके कमरे से मिली। मुझे सिर्फ़ इतना कहना था कि निर्मय ग़लत नहीं था, बस उसे प्यार बहुत होता था। उसका दिल साफ़ था पर वो इस जहां के लिए नहीं बना था।"

किसी के द्वारा, गहराई से प्यार करने से आपको ताकत मिलती है, जबकि किसी को गहराई से प्यार करने से आपको हिम्मत मिलती है।"

-लाओ त्सू

शोर :
नलेश और सरगम

नलेश और सरगम की शादी अरेंज थी। नलेश की उम्र कोई 24-25 की रही होगी और सरगम उससे एक-आध साल ही छोटी थी। उन दोनों की जोड़ी बेमेल भी लगती थी। नलेश जहाँ 130 किलो के भारी-भरकम शरीर वाला इंसान था वहीं उसके मुकाबले सरगम 45-50 किलो की जहीन लड़की।

नलेश का परिवार शहर के अमीरों में शुमार था। सरगम बहुत संपन्न परिवार से तो न थी, लेकिन नलेश के पापा ने उसे बचपन से देखा था। उसकी समझदारी, शालीनता और वाक्पटुता के क़ायल थे। नलेश के वज़न की वजह से थोड़े परेशान भी रहते थे। जब उन्होंने सरगम के घर शादी की बात चलाई तो सरगम के घर वालों ने भी मना नहीं किया। नलेश का बस वज़न ही ज़्यादा था, उसकी शालीनता और समझदारी में कोई कमी न थी। नलेश कोई ख़ास काम नहीं करता था पर उसका दिमाग़ बहुत खुराफाती था। नए-नए तरीक़े खोजने में उसका कोई सानी नहीं था। शादी के बाद, सरगम के साथ उसकी हरकतें बिलकुल बच्चों जैसी रहतीं।

जब कभी सरगम उसे वज़न कम करने के लिए या ख़ुद तो फिट करने के लिए कहती, उसका एक ही जवाब होता, "क्यूँ, मेरे साथ चलने में शर्म आती है?"

सरगम भी कम शरारती नहीं थी। कहती, "बिलकुल नहीं। बस मेरा एक सपना अधूरा रह जाएगा।"

"कौन-सा सपना?" नलेश पूछता।

"तुम्हें गोद में उठाकर घूमने का।" और फिर खिलखिलाकर हँस देती।

"मुझसे मुकाबला करना चाहती हो?" नलेश उसे छेड़ते हुए कहता।

"अजी न... तुमसे तो क़तई मुकाबला ना करना। 80 किलो वज़न बढ़ाकर कौन उसका बोझ ढोए। इस काम के लिए तुम ही काफ़ी हो।"

यह सुन नलेश तेज़ी से कुछ क़दम उसकी तरफ़ बढ़ाता, लेकिन सरगम अपनी जगह से ज़्यादा दूर न जाती। वो तो चाहती थी कि नलेश उसे पकड़े और बस उसे प्यार ही करता रहे। नलेश भी यही करता रहता था। सरगम उससे कहती भी थी कि मैं तुम्हारी बीवी हूँ बीवी... बीवी की तरह प्यार किया करो। यह क्या हमेशा बेटी की तरह लाड़ लड़ाते रहते हो।

"तो एक काम क्यूँ नहीं करती? जल्दी से एक बच्चा दे दो, फिर तुम्हें न कुछ कहूँगा।"

सरगम अपनी साड़ी को पेट से थोड़ा एक तरफ़ खिसकाकर, पेट की तरफ़ देखकर कहती, "सुन रहे हो तुम लोग... तुम्हारे पापा से मेरी शादी हुए एक महीना हो गया है। बाहर क्यूँ नहीं आते?" फिर कुछ सुनने का नाटक करती और नलेश की तरफ़ देखती और कहती, "कह रहे हैं कि नौ महीने का समय तो लगता ही है। जल्दी बाहर आने की भगवान इजाज़त नहीं दे रहे।"

"मैं लाता हूँ उन्हें जल्दी बाहर।" इतना कहकर नलेश सरगम को खींचकर अपनी गोद में बैठा लेता और उसके पेट पर अपनी उँगलियाँ इस तरह फिराता जैसे कोई काला जादू जानता हो। गुदगुदी की वजह से सरगम इधर से उधर लोट-पोट होती रहती पर नलेश की पकड़ से न छूट पाती। छूटना चाहती भी नहीं थी वो। नलेश ऐसे ही शरारत करते हुए अपना हाथ उसके पैरों तक ले जाता और हाथ सरकते हुए घुटनों तक ले जाने की कोशिश करता। ऐसा करते हुए साड़ी भी ऊपर होने लगती तो सरगम झट से उसका हाथ पकड़ लेती और कहती, "हे भगवान, इस

आदमी को तो बस एक मौक़ा चाहिए।" और उठकर उसके सामने खड़ी हो जाती और मज़ाक में मुँह फुला लेती।

उसके मुँह फुलाने का जवाब नलेश भी अपने दोनों हाथ बाँधकर, जो पूरे नहीं बंध पाते थे, और चेहरा दूसरी तरफ़ करके देता। तब सरगम उसके पास जाती और उसके चेहरे को दोनों हाथों से पकड़, अपनी तरफ़ घुमाकर, अपने होंठों को गोल करके, उसके होंठों के पास ले जाती। ख़ुशी से नलेश की आँखें जैसे ही चमकने लगतीं, वो अपना मुँह उससे दूर ले जाती और कहती, "भूखे इंसान।" और ज़ोर-ज़ोर से हँसने लगती।

एक बार उसकी ऐसी ही हरकत पर नलेश ग़ुस्से से कहता है, "माँ सही कहती हैं तुम्हारे बारे में।"

"क्या कहती हैं?" सरगम ने गंभीरता से पूछा।

"माँ कहती हैं कि समझ नहीं आता कि तेरे पापा घर में बहू लाए हैं या बच्ची!"

यह सुनकर सरगम बहुत तेज़ हँसी और कहा, "और तुम्हें क्या लगता है?"

"मुझे माँ की बात सही लगती है।" इतना कहकर उसने सरगम को फिर से अपनी गोद में बिठाना चाहा, लेकिन सरगम सतर्क थी।

सरगम फिर हँसी और कहा, "अगर दिल भर गया हो तो पेट भी भर लो।"

"चलो मैं भी साथ चलता हूँ।" इतना कहकर नलेश उठ गया।

"नहीं यार, अब नहीं। तुम यहीं बैठो। तुम कुछ काम कहाँ करने देते हो। आधे घंटे का काम दो घंटे में निबटता है।" सरगम से उसे हल्का-सा धक्का देते हुए कहा। नलेश का भारी-भरकम शरीर टस से मस नहीं हुआ।

नलेश उसके पीछे-पीछे किचन तक गया और वहीं पड़े एक स्टूल पर बैठ गया। सरगम अपने काम में लग गई, लेकिन नलेश उसे

आते-जाते छेड़ता रहा। कभी वो उठकर आटे को मलने की कोशिश करता तो कभी सब्ज़ियों पर आड़े-टेढ़े चाकू चलाने लगता। इन हरकतों पर सरगम कभी उसे ग़ुस्से से देखती, कभी प्यार से।

"मुझे भी समझ नहीं आता कि साला मेरी शादी हुई है या एक बच्चे को सँभालने की ज़िम्मेदारी मिली है।" सरगम उसके गाल खींचते हुए कहती।

"जब तक मैं खाना बना रही हूँ, तुम आज चाय बना लो।"

"मुझे चाय बनानी नहीं आती।"

"ओ भाई, सीख क्यूँ नहीं लेते।" सरगम ने उसे घूरा।

"मेरा साला होगा तेरा भाई।" नलेश ने कहा।

"ये तुमने कौन-सी नई बात कह दी।" सरगम ने अपना एक हाथ कमर पर रखते हुए कहा।

"तुम थोड़ा घर के बाहर भी चले जाया करो।" यह कहते ही सरगम को अपनी ग़लती का अहसास हो गया।

नलेश ने फ़ौरन गैस बंद की और सरगम का हाथ पकड़कर बाहर ले आया।

"हुज़ूर... हुज़ूर... ग़लती हो गई। कनीज़ को माफ़ कर दो। आगे से यह कहने की जुर्रत नहीं करूँगी।" सरगम कहती जा रही थी। लेकिन नलेश को कोई फ़र्क नहीं पड़ रहा था।

"अच्छा, कपड़े तो बदलने दो। ऐसे क्या अच्छी लगूँगी।"

"मुझे तो अच्छी लग रही हो।" नलेश ने उसे देखकर कहा और उसे गोद में उठा लिया।

नलेश ज़्यादा घर से बाहर नहीं निकलता था। कभी जाता भी तो जल्दी ही वापस आ जाता। ऐसा नहीं था कि सरगम को उसे कहीं भेजना होता था बल्कि वो तो ख़ुद यह चाहती थी कि नलेश हमेशा, हरपल उसके साथ रहे। इसीलिए जब भी सरगम नलेश से बाहर जाने के लिए कहती, नलेश उसे ज़बरदस्ती कार में बिठाता और उसके साथ घंटों

घूमता रहता। कार भी नलेश तब तक आगे नहीं बढ़ाता जब तक कि सरगम अपना हाथ गियर लीवर पर नहीं रख देती थी। सारे रास्ते वो सरगम के हाथ के ऊपर अपना हाथ रखकर ही कार चलाता।

बीच में भूख लगती तो किसी भी रेस्ट्राँ या ढाबा, जो भी उन्हें पहले दिख जाए, चाहे छोटा हो या बड़ा, वहीं रुक जाते और खाते-पीते। दोनों में से किसी का कोई नखरा नहीं, कोई डिमांड नहीं, बस एक ही शर्त कि साथ रहना है। ऐसे ही घूमते हुए कभी किसी दूसरे शहर पहुँच जाते, वो भी बिना किसी प्लानिंग के। शुरू में सरगम कपड़ों आदि के लिए कहती लेकिन नलेश किसी भी शहर में पहुँच पहले उसे शॉपिंग कराता। फिर वो कोई होटल ढूँढ़ते और वहीं एक-दूसरे की बाँहों में सिमटे रहते।

दो-तीन-चार या जितने भी दिन बाद आते तो दोनों की जमकर ख़बर ली जाती। नलेश के पैरेंट्स उसी शहर में लेकिन अलग रहते थे पर हफ़्ते में एक-दो बार उनसे मिलने आते रहते थे। जब उन्हें घर पर नहीं पाते तो परेशान हो जाते। दो बार तो वो पुलिस में भी शिकायत कर चुके थे, दोनों के ग़ायब होने की। लेकिन अब वो भी समझने लगे थे। इस बार जब वो वापस आए तो नलेश और सरगम, दोनों के घरवाले उनकी क्लास लेने पहुँच गए।

"नलेश, तेरा यह बचपना कब जाएगा। हमने तो सोचा था कि सरगम तुझे सुधार देगी, लेकिन तूने तो इसे भी बिगाड़ दिया।" नलेश के पापा ने कहा।

"नहीं पापा, मैंने नहीं बिगाड़ा। यह ऐसी ही आई थी।" नलेश ने मुँह नीचे करके मासूमियत से कहा।

यह सुनकर सरगम अपनी हँसी नहीं रोक पाई। उसे हँसते देख सरगम के पापा ने कहा, "सरगम, इतनी सीरियस बात पर तुझे हँसी आ रही है। क्या समधी जी इस उम्मीद में तुझे यहाँ लाए थे?"

"सॉरी पापा। आगे से ख़्याल रखूँगी।" सरगम ने अपनी हँसी पर क़ाबू करते हुए कहा।

“पीछे से भी ख़्याल रखना मेरा।” नलेश ने सरगम से कहा।

सरगम ने उसे घूरकर देखा तो नलेश ने सफ़ाई दी, “मेरी पीठ में खुजली हो रही है।” नलेश की यह बात सुनकर किसी की हँसी न रुकी। सरगम वहाँ से भागने का मौक़ा ताड़ रही थी तो चाय बनाने के लिए कहकर वहाँ से चली गई। नलेश भी उसके पीछे जाने को हुआ तो उसके पापा ने टोका, “ज़िंदगी में सीरियस हो जाओ नलेश। मौज-मस्ती सब अपनी जगह है। ठीक है पैसों की कमी नहीं है, लेकिन बिना काम किए कैसे रह पाओगे?”

“मैं सीरियस हूँ पापा। आलोक के साथ एक प्रोजेक्ट पर बात चल रही है। जल्दी ही काम शुरू हो जाएगा।”

“किस तरह का प्रोजेक्ट?” नलेश के पापा ने पूछा।

“अपनी सियारा में जो ज़मीन पड़ी है वहाँ पर एक कॉलोनी डेवलप करेंगे।”

सरगम ने चाय लाकर सबके सामने रख दी।

“चलो तब तो ठीक है। तुम सरगम के साथ जैसे रहना चाहते हो रहो, लेकिन बाहर जाया करो तो बता कर जाया करो। चिंता हो जाती है।”

“पापा, सरगम लास्ट मोमेंट पर अचानक प्रोग्राम बना देती है। मैं फिर मना नहीं कर पाता।” नलेश ने सरगम की तरफ़ देखकर कहा।

सरगम ने आँखें बड़ी कर उसे घूरा। दोनों बापों की निगाहें सरगम पर आकर टिक गई थीं। सरगम को कोई जवाब नहीं सूझ रहा था।

उन दोनों के जाने के बाद सरगम ने कहा, “अब आना तुम मेरे पास। तुम्हें बताऊँगी मैं। मुझे फँसाते हो।” और पैर पटकती हुई वहाँ से चली गई।

लेकिन नलेश जानता था कि उसे सरगम को कैसे बुलाना है? नलेश ने उठकर एक अलमारी से सिगरेट का पैकेट निकाला और वहीं बैठकर लंबे-लंबे कश लेने लगा। दो ही मिनट में सरगम बाहर आई और

बिना कुछ बोले, उसके मुँह से सिगरेट खींचकर डस्टबिन में फेंक, वापस चली गई। उसके जाते ही नलेश ने दूसरी सिगरेट सुलगा ली। सरगम ने वापस आकर फिर सिगरेट फेंक दी। सात-आठ सिगरेट तक यही क्रम चला।

इस बार सरगम ने सिगरेट निकाली और वहीं बैठ गई।

"इस घर में सिगरेट आईं कहाँ से? आलोक भैया ने लाकर दीं?" और सिगरेट होंठों से लगा पीने की कोशिश करने लगी। धुआँ तो अंदर नहीं ले पा रही थी लेकिन दो-तीन कश मारने की कोशिश में ही खाँसी उठने लगी।

नलेश तेज़ी से उठकर उसके पास गया। उसने पानी का गिलास उसे पकड़ाया और उसकी पीठ सहलाने लगा। बच्चों की तरह लड़ते-झगड़ते, शरारतें करते दोनों एक दूसरे के साथ बेइंतहा ख़ुश थे।

***

कुछ दिनों बाद सरगम की तबियत ख़राब रहने लगी तो नलेश उसे लेकर डॉक्टर के पास गया। ख़ुशखबरी थी, सरगम माँ बनने वाली थी। यह जानकार नलेश ने वहीं डॉक्टर के सामने उससे कहा, "तो अब तुम मेरे पेट से मुकाबला करोगी।" उसकी बात सुनकर सरगम झेंप गई और डॉक्टर हँस दिया।

जैसे-जैसे सरगम का पेट फूलता गया, नलेश ज्यादा समझदार होता गया। वो ज़रा-ज़रा सी बात का ख़्याल रखता, जैसे; फर्श पर एक बूँद भी पानी देख उसे साफ़ कर देता, उसे कम-से-कम काम करने देता, सुबह की चाय भी ख़ुद बनानी शुरू कर दी थी उसने और सरगम के कामों में गंभीर होकर हाथ बँटाता।

"इतनी नाज़ुक नहीं हूँ। कर लूँगी मैं काम। तुम जाओ यहाँ से।"

"मैंने तुम्हें पहले कभी अकेले काम करने दिया है जो अब करने दूँगा। तुम्हारा शिकार अब भी मैं ही करूँगा।" नलेश अजीब-से मुँह बनाकर कहता।

"मैंने कभी नहीं सोचा था कि मेरी ज़िंदगी इतनी ख़ूबसूरत होगी।" सरगम ने प्यार से नलेश के गाल पर हाथ फेरते हुए कहा।

"नहीं, तुम्हारे साथ होने से मैं ख़ुशनसीब महसूस करता हूँ।" नलेश ने उसके हाथों को पकड़कर कहा।

"लेकिन हमारे बच्चे को एक शिकायत रहेगी।" सरगम ने चेहरा झुकाकर कहा।

"क्या?"

"सबके पापा बच्चों के लिए घोड़ा बनते हैं लेकिन यहाँ तो..." सरगम ने उसके पेट पर हाथ घुमाते हुए, अपनी हँसी रोकने की कोशिश करते हुए कहा।

"अबे, हमारा बच्चा ज़्यादा ख़ुशनसीब होगा। वो सीधा राजाओं की तरह हाथी पर घूमेगा।"

दोनों बहुत देर तक पेट पकड़कर हँसते रहे। इतना तेज़ हँसने की वजह से सरगम को पेट में दर्द होता था। नलेश कोशिश तो बहुत करता था कि सरगम ज़ोर से न हँसे, लेकिन वह भी कम कहाँ थी। कुछ न कुछ ऐसा बोल ही देती कि नलेश अनजाने में ही ऐसा जवाब दे देता था कि सरगम की हँसी रुकती ही नहीं थी।

नलेश उसे समझाता भी था, लेकिन दोनों आज तक तो किसी बात को लेकर गंभीर हुए नहीं थे।

***

डिलीवरी से लगभग एक महीने पहले सरगम की तबियत ख़राब रहने लगी। सिरदर्द, उल्टियाँ, साँस फूलना अत्यधिक होने लगा था। चेहरे और हाथों पर सूजन ज़्यादा रहने लगी। दोनों डॉक्टर के पास गए तो डॉक्टर ने उसका चेकअप किया और कुछ टेस्ट लिखे। टेस्ट के रिज़ल्ट आने के बाद वो दोबारा डॉक्टर के पास गए। डॉक्टर ने नलेश से बाहर जाने के लिए कहा, लेकिन उसने जाने से साफ़ मना कर दिया। लेकिन सरगम के समझाने पर वो मन मारकर वहाँ से चला गया।

"सरगम, वैसे यह बात मैं नलेश के सामने ही करना चाहता था, लेकिन तुमने कहा था कि कोई भी दिक़्क़त हो तो पहले तुम्हें बताऊँ, इसीलिए तुम्हें बता रहा हूँ।" डॉक्टर ने कहा।

डॉक्टर की बात सुनकर सरगम थोड़ी घबराई, फिर भी उसने हिम्मत करके पूछा, "क्या बात है डॉक्टर?"

"तुम्हारी रिपोर्ट्स और शारीरिक लक्षण प्रीक्लेम्पसिया की तरफ़ इशारा कर रहे हैं। यह एक ख़तरनाक स्थिति है जिसमें तुम्हारी जान को भी ख़तरा हो सकता है।"

"यह बात मैं नलेश को अपनी तरह से बता दूँगी। आप प्लीज़ उनसे कुछ मत कहिएगा।"

***

सरगम की तबियत दिन-प्रतिदिन बिगड़ती जा रही थी। नलेश उससे पूछता तो टालते हुए कहती, "अरे बाबा, कुछ नहीं हुआ है। प्रेग्नेंसी में यह सब होता ही है। अगर मेरी इतनी ही चिंता थी तो प्रेग्नेंट क्यूँ किया? बोलो... बोलो... तब तो प्यार करने से फुर्सत नहीं मिलती थी।"

नलेश समझने की कोशिश तो करता, लेकिन यह सोचकर ख़ुद को शांत कर लेता कि वो ज़्यादा ही चिंता कर रहा है।

सरगम का व्यवहार बदलता जा रहा था। अब वो ख़ुद नलेश को एक पल भी दूर न करती और सारा दिन उसके पास ही लेटी रहती। कभी नाराज़गी से कहती, "इस पेट की वजह से तुम्हारी गोद में भी नहीं बैठ सकती अब तो।"

एक दिन अचानक सरगम को इमरजेंसी में एडमिट कराया गया। नलेश बदहवास हो हॉस्पिटल गैलरी में इधर से उधर चक्कर काट रहा था।

डॉक्टर ने नलेश की हालत देखकर उसे कुर्सी पर बैठने के लिए कहा और पीने के लिए पानी दिया। नलेश ने गिलास अपने हाथों में पकड़ते ही डॉक्टर से पूछा, "सब ठीक है न डॉक्टर?"

"डिलीवरी में कुछ समस्याएँ आ सकती हैं और एक समय पर यह निर्णय भी लेना पड़ सकता है कि किसे बचाया जाए, सरगम को या होने वाले बच्चे को... यह बात सरगम को पहले से ही पता थी। क्या उसने तुम्हें नहीं बताया?" डॉक्टर ने कहा।

"नहीं। क्या मैं उससे एक बार मिल सकता हूँ?" नलेश ने नम आँखों से पूछा।

"अभी नहीं, लेकिन बाहर से देख सकते हो।"

नलेश बिना इंतज़ार किए अपनी जगह से उठा और तेज़ी से उस कमरे के बाहर पहुँचा जहाँ सरगम लेटी थी। उन दोनों की जब आँखें मिलीं तो उस एक पल में समय रुक चुका था। दोनों आँखों ही आँखों में एक-दूसरे से बात कर रहे थे। नलेश के सवाल ज़्यादा थे।

"तुम मुझे बता सकती थीं?"

"नहीं बता सकती थी। तुम्हारा सपना तोड़ने की हिम्मत मुझमें नहीं थी।"

"लेकिन तुम तो हक़ीक़त हो, अब भी।"

"तुम्हारा सपना, मेरी हक़ीक़त बन चुकी थी।"

"तुम वादा करो कि ख़ुद को कुछ नहीं होने दोगी। मुझे तुम्हारे अलावा कोई और नहीं चाहिए।"

सरगम ने कोई इशारा नहीं किया बस एक आँसू उसके गाल पर लुढ़क गया। यह देख नलेश ने उदासी से मुँह बनाया।

"तुम ऐसा नहीं कर सकतीं मेरे साथ। मैं वादा करता हूँ कि तुम्हें फिर कभी नहीं सताऊँगा।"

"नहीं सताओगे तो क्या करूँगी तुम्हारे पास आकर।" सरगम के चेहरे पर हल्की मुस्कान तैर गई।

नलेश के आँसू रुकने का नाम नहीं ले रहे थे। पिछले कुछ दिनों में सरगम की हालत देखकर नलेश को अब अनुमान हो चला था कि सरगम.उससे दूर जा रही थी, हमेशा के लिए।

वो दोनों एक-दूसरे की आँखों में तब तक देखते रहे जब तक कि सरगम को ऑपरेशन के लिए नहीं ले जाया गया। कमरे से बाहर आते वक़्त वो बस सरगम का हाथ पकड़े, ऑपरेशन थिएटर तक भागते हुए गया। सरगम का ब्लड प्रेशर बहुत तेज़ी से बढ़ रहा था जिस कारण डॉक्टर उसे तेज़ी से ले जा रहे थे और नलेश को भागना पड़ रहा था। वो सरगम के साथ का एक भी पल खोना नहीं चाहता था।

***

वह लगातार बेचैनी में चक्कर लगाता रहा। बीच-बीच में थकता तो बैठ भी जाता। एक सौ तीस किलो के शरीर को ढोना भी तो आसान नहीं होता। काफ़ी इंतज़ार के बाद नलेश को डॉक्टर आता हुआ दिखाई दिया।

"बेटी हुई है, लेकिन हम सरगम को नहीं बचा पाए।" डॉक्टर ने बताया और अपनी जेब से एक लैटर निकालकर नलेश को देते हुए आगे कहा, "यह सरगम ने तुम्हें देने के लिए कहा था, लेकिन तब जब वह ज़िंदा न रहे इसीलिए अब दे रहा हूँ।"

नलेश ने भरे मन से ख़त लिया और पढ़ना शुरू किया-

"अगर ख़त तुम्हारे हाथों में है तो यक़ीनन हमारी बेटी भी तुम्हारे हाथों में होगी। मुश्किल ज़रूर होगा, लेकिन मैं जानती हूँ कि तुम सँभाल लोगे। तुम्हारा जो प्यार मुझे मिलने से रह गया है वो प्यार भी इस नन्ही परी को दे देना। समझ लेना कि मुझे तुम्हारी गोद में ही रहना पसंद है... हमेशा से..."

सरगम को नलेश से हमेशा एक शिकायत रही थी। वो अक्सर उससे कहती, "मैं तुम्हारी बीवी हूँ बीवी, बीवी की तरह प्यार किया करो, यह क्या हमेशा बेटी की तरह लाड़ लड़ाते रहते हो।"

थोड़ी देर बाद नर्स ने उसकी बेटी लाकर उसे दी तो उसने बड़े प्यार से उसे गोद में लिया और अपलक निहारने लगा।

नलेश ने उसे गोद में लिए-लिए, बहुत देर निहारने के बाद कहा, "मैं बहुत लकी हूँ सरगम, एक ही ज़िंदगी में दो बार तुम्हें पाया है और तुम भी बहुत लकी हो सरगम, पहले पत्नी के रूप में और अब बेटी के रूप में तुम मेरे साथ रहोगी। अब से तुम मेरी लक्स यानी लकी सरगम।"

प्रेम दो शरीरों में वास करने वाली एक आत्मा से बना है।"

- अरिस्टोटल

तुम मिलो तो सही

अंकित के लिए आज बहुत ख़ास दिन था। उसका एक बुक कैफ़े था जहाँ लोगबाग आकर किताबें पढ़ते और अपने लिए चाय-कॉफ़ी भी ख़ुद ही बनाते। कैफ़े में कुछ लोग बैठकर एंजॉय कर रहे थे, लेकिन अंकित की निगाहें बस दरवाज़े पर ही अटकी थीं। उसे किसी का बेसब्री से इंतज़ार था। तभी नैना, जो कैफ़े में उसका हाथ भी बँटा देती थी और कहीं न कहीं उसके दिल में अंकित के लिए जगह भी थी, ने उसकी पीठ पर थपथपाया। अंकित ने पीछे मुड़कर देखा और फिर दरवाज़े की तरफ़ देखने लगा।

"क्या हुआ अंकित, किसका इंतज़ार है?" नैना ने पूछा।

"तुम भूल गईं कि आज तारीख़ क्या है।" अंकित ने बिना देखे ही जवाब दिया।

नैना ने कैलेंडर की तरफ़ देखा तो उसे याद आ गया। वो बहुत परेशान हुई। "तो आज प्रियंका तुमसे मिलने आ रही है।"

"हाँ... मैंने सारी तैयारी भी कर ली है। हमेशा की तरह उसे अंदर वाले केबिन में बिठाऊँगा।" अंकित ने कहा और आगे जोड़ा, "तुम उसके सामने मत आना। जो भी चाहिए होगा, मैं ख़ुद ले लूँगा।"

"ठीक है। मैं नहीं आऊँगी। लेकिन जब वो आ जाए तो मुझे इशारा कर देना ताकि मुझे पता चल जाए।" नैना ने चिंतित होकर कहा।

"तुम्हारी यही दिक़्क़त है नैना। जब भी वो आती है तुम उदास हो जाती हो। वो मेरा पहला प्यार है। इतनी-सी बात क्यूँ तुम्हारी समझ नहीं आती।" अंकित ने प्यार से कहा।

"जानती हूँ।" नैना ने बस इतना कहा और अंकित की तरफ़ पीठ कर खड़ी हो गई।

कुछ ही मिनट बीते होंगे कि अंकित ने चहकते हुए कहा, "वो आ गई।" और तेज़ी से दरवाज़ा खोलने के लिए भागा।

उसने दरवाज़ा खोला और "हाय प्रियंका" कहा। कैफ़े में बैठे लोगों ने चौंककर अंकित को देखा। अंकित ने उन लोगों को इग्नोर कर प्रियंका को हाथ से इशारा करते हुए कहा, "चलो, अंदर चलकर बात करते हैं।"

इस समय अंकित की ख़ुशी देखते ही बनती थी। चेहरे की मुस्कराहट, शरीर के हाव-भाव से वो रोज़ के अंकित से अलग बिलकुल लग रहा था।

नैना वैसी ही खड़ी थी। उसने कनखियों से अंकित को देखने की कोशिश की, लेकिन ख़ुद की कोशिश को ख़ुद ही विराम दे दिया।

अंकित ने प्रियंका के लिए कुर्सी खींचते हुए, उसे बैठने के लिए कहा और ख़ुद उसके सामने आकर बैठा गया।

"तुम बैठी नहीं।" अंकित ने कहा। "नाराज़ मुझे होना चाहिए और रूठकर तुम दिखा रही हो। अभी सिर्फ़ मैं बोलूँगा, तुम बस सुनना। मैं कॉफ़ी लेकर आता हूँ।"

अंकित बाहर निकला तो देखा कि नैना के पास कुछ लोग खड़े थे। उसने दो कॉफ़ी बनाई और नैना से कहा, "क्या गॉसिप चल रही है? इनसे कहो कि अगर पढ़ने का मूड नहीं है तो यहाँ से चले जाएँ।" अंकित ने नैना के पास खड़े दो लोगों को देखकर कहा और प्रियंका के पास पहुँचकर एक कॉफ़ी उसके सामने रख दी।

फिर उसने कहना शुरू किया, "जानती हो, सब कहते थे कि तुम मुझसे मिलने नहीं आओगी, लेकिन देखो आज तुम मेरे सामने बैठी हो। तुमने अपना वादा निभाया। तुम्हें याद है हमारी वो पहली मुलाक़ात, मेट्रो में। कितने सालों बाद तुम्हें फिर देखा था। कितनी बड़ी हो गई थी तुम! तुम मेट्रो के एक दरवाज़े से चिपकी थी और मैं दूसरे, बीच में भीड़ का समंदर। मेरे लगातार देखने की वजह से तुमने मुझे नोटिस कर लिया था और जल्द ही पहचानकर एक हल्की-सी मुस्कान तुम्हारे चेहरे पर उतर आई थी जैसे किसी तितली ने पंख फैला दिए हों। याद है न तुम्हें?"

अंकित ने प्रियंका के हाथ पर अपना हाथ रखते हुए कहा। लेकिन प्रियंका ने कोई जवाब नहीं दिया।

तब अंकित ने आगे कहा, "ओह्ह्ह, मैं भूल गया था कि मैंने ही तुम्हें बोलने के लिए मना किया है। उसके कुछ दिनों बाद बाद हम फिर मंडी हाउस में मिले। मुझे पता नहीं था कि तुम्हें भी नाटक वग़ैरह करने का चस्का है। लेकिन तुम्हें वहाँ देखकर बहुत अच्छा लगा था। मन करता था कि तुम्हारे बहाने सारी कायनात को गले लगा लूँ, लेकिन तुमसे डर भी लगता था कि बाँहों में भरते ही तुम पंखुड़ियों की तरह तितर-बितर न हो जाओ।"

अंकित ने प्रियंका की आँखों में झाँका। उसे महसूस हुआ कि उसकी आँखें नम हो चली थीं। यह महसूस करके उसने उसके हाथ को हल्के से कई बार थपथपाया और कहा, "उदास मत हो। वो सब बीती बातें हैं। इस समय तो तुम मेरे साथ हो। कुछ दिनों बाद मुझे जब पता चला कि तुम्हारा एक प्रेमी है तो मैं अंदर ही अंदर बिखर गया, लेकिन तुमसे कुछ कह न सका। मैंने सोचा था कि मेट्रो से अब तक का तुम्हारे साथ तय सफ़र, मैं मिटा दूँगा। तुम्हीं बताओ ऐसा भी भला कहीं संभव होता है? मेरे लिए बस यही ख़ुशी बची थी कि तुम्हारे साथ कुछ नाटक कर लेता, मंच पर भी और ज़िंदगी में भी, कभी तुम्हारे साथ कॉफ़ी पीकर उसमें तुम्हारी गर्माहट महसूस कर लेता और कभी बारिश में भीगकर, आँसुओं को वाष्प बनकर उड़कर, दोबारा बरसने की इजाज़त दे देता। तुम्हें एक मज़ेदार बात कहूँ जो आज तक तुम्हें नहीं कही? एक दिन तुमने हरी पाजामी के साथ चटख लाल रंग का सूट पहना था। मुझे मुँह में मिर्च का तीखापन महसूस हुआ। लेकिन जब आँखें बंद करके उस तीखेपन को महसूस किया तो उसमें कोई स्वाद ही नहीं था। तुम मिर्च नहीं शिमला मिर्च लगी थीं। तुममें चमक-दमक तो बिजली गिराने जैसे थी, लेकिन जाने क्यूँ, मुझसे बचकर गिरती थी। फिर भी तुम्हें देखते ही मेरे दिल का स्वाद बदल जाता था। मैं कितना भी ग़ुस्से में क्यूँ ना हूँ, तुम्हारा चेहरा दिल

में ऐसा ज्वार उठाता था कि मेरे ग़ुस्से का ज्वालामुखी, एक बुझती माचिस की तीली से ज़्यादा कुछ न रहता।

"तुम मेरे लिए क्षितिज बनती जा रही थी। तुम्हारी चाह में, मैं समंदर की अनंत गहराइयों में जा, तपस्या करने को तैयार था। सोचता था कि समंदर के रास्ते जाऊँगा तो क्षितिज को पा लूँगा। लेकिन जितना मैं सोचता था, उतना जीवन में करना कभी संभव न लगा। इतना आलसी था कि ज़रा भी मेहनत तो करता नहीं था, कुछ दूर चलने में फेफड़े हाँफने लगते थे। सिगरेट और फेफड़े, अपना प्यार बेफिक्री और शिद्दत से निभा रहे थे। उन्होंने क्षितिज को पा लिया था। और मैं? तुम ही सोचो, जब तुमसे ही कभी न कह पाया तो और क्या ही मेहनत करता। बस तुम्हारे लिए जो सपने देख रहा था, जागी आँखों के ही थे।

"लेकिन उस दिन जब तुम रोते हुए मेरे पास आईं तो महसूस हुआ कि तुम मुझे दोस्त तो मानती ही हो। उस दिन तुम्हारा अपने बॉयफ्रेंड से झगड़ा हुआ था। वो तुम्हें हर बात पर टोकता था, तुम्हारा कुछ भी करना उसे अच्छा नहीं लगता था। मैं बावला बेख़बर सोचता था कि तुम मुझे नोटिस नहीं करती। जब तुम देर तक रोती रहीं तो मैंने तुम्हें कोई तसल्ली भी नहीं दी। तुम्हें इस तरह देखकर मुझे अच्छा लग रहा था। जिस तकिये को तुम गीला कर रही थीं, उसे तो आँसू सोखने की आदत पड़ चुकी थी। इसी बहाने ही सही, लेकिन तुम्हारे-मेरे शरीर तो मिले। आँसुओं के बहाने ही सही, हम क़रीब तो आए। मुझे तुम्हारे रोने से ख़ुशी नहीं हो रही थी, अपने मिलन से हो रही थी। मैं इंतज़ार कर रहा था कि कब तुम तकिया छोड़ो और मैं उसमें अपने ताज़े आँसू मिला दूँ। यादों से मिलन काफ़ी नहीं लग रहा था।

"तुम यही सोच रही हो न कि कितना बावला हूँ मैं?

"तुम सोच सकती हो, कह भी सकती हो। तुम्हीं ने तो यह नाम दिया था, बावला। 'बावले हो तुम' जाने सारे दिन में कितनी बार कहती थी?"

तभी अचानक अंकित को कुछ याद आया और वो तेज़ी से बाहर निकल एक पेपर पैड और पेन लेकर वापस आया। प्रियंका के सामने रखते हुए कहा, "मुझे पता है कि तुम नहीं बोलोगी। तुम्हारा चेहरा बता रहा है कि तुम कुछ पूछना चाहती हो।"

अंकित ने देखा कि वो कुछ लिख चुकी है तो उसने पैड से काग़ज़ खींचा और पढ़ा- "वो लड़की कौन है?"

अंकित मुस्कराया और कहा, "वो नैना है। मम्मी ने मेरे साथ ज़बरदस्ती रख रखी है। कहती हैं कि मैं अकेला इस कैफ़े को नहीं सँभाल सकता। तुम्हें जलन हो रही है? जलो मत। वो मुझसे प्यार कर ही नहीं सकती। उसे पता है मैं तुमसे प्यार करता हूँ। गर जलना उसकी क़िस्मत में है तो क़रीब आ सकती है। लेकिन मेरी शमा सिर्फ़ तुम हो। तुमसे मिलने के इस एक दिन के इंतज़ार में, मैं पूरे साल जला करता हूँ। तुम्हारा सामने होना मुझे अहसास कराता है कि मैं स्वर्ग में हूँ। तुमसे प्यार करके मैंने पुण्य कमाया है। तुम्हारा होना मेरा पुण्यफल है।

"याद है तुम्हें... अरे मैं भी कैसी बात कर रहा हूँ। तुमने ही तो प्रगति मैदान के 'शाकुंतलम थिएटर' के बारे में बताया था। कितनी ही बार मिले थे हम वहाँ। कोई भी मूवी लगती, किसी भी भाषा की होती, हम देखने पहुँच जाते। कितनी शांत, ख़ाली जगह थी। हम घंटों वहाँ बैठ कितनी बातें करते। 'There is something about Marry', कुछ याद आया?"

अंकित ने पैड से एक कागज़ और खींच लिया, लिखा था- "हाँ।"

"मूवी शुरू होने से पहले हम दोनों कितने ख़ुश थे। लेकिन कुछ समय बाद दोनों एक-दूसरे से नज़रें नहीं मिला रहे थे। नंगेपन के जाने कितने ही चित्र थे। तुम बुरी तरह शरमा रही थीं और घबरा भी रही थीं। मुझसे बार-बार जाने की ज़िद करती, लेकिन मैं तैयार नहीं हो रहा था।

"जब वहाँ से निकले तब भी तुम मुझसे दूरी बनाकर चल रही थीं। मुझसे नज़रें भी नहीं मिला रही थीं। हमारे बीच की यह दूरी मुझे बहुत अखर रही थी। बिलकुल वैसे ही जैसे सूरजमुखी को अखरती होगी जब वो सूरज को देख उसकी तरफ़ मुँह करता तो है लेकिन सूरज उसे तपिश के अलावा कुछ नहीं देता। ऊपर से देखने पर ऐसा ही प्रतीत होता है। मैं भी तुम्हारे लिए नई विचित्र-सी कल्पनाएँ बुन रहा था। मेरे बिस्तर का, बिना सिलवटों का आधा हिस्सा, सिलवटों को स्वीकार करने के लिए तैयार हो रहा था। लेकिन अभी संभव नहीं था। यह हमारा पहला अनुभव था। इतने दिनों में हम कई बार आलिंगनबद्ध हुए, लेकिन दोनों के होंठ सिर्फ़ तड़पते ही रहे। न किसी तरफ़ से ख्वाहिश ज़ाहिर हुई और न ही कोई बहाना खोजा। एक-दूसरे की हाथों की उँगलियों का गुत्थम-गुत्था होना, हमें सब सुख प्रदान करता था। फिर अचानक तुम चली गई। मुझे बताए बिना। तुमने कहा था कि तुम अपने परिवार के साथ कुछ दिन घूमने के लिए जा रही हो, मसूरी। लेकिन आने के बाद तुमने मुझसे मिलना भी गवारा न समझा। जानती भी हो क्या हाल हो गया था मेरा। तुम्हारे घर का पता भी नहीं था मेरे पास, किसी के पास भी नहीं था। तुम साथ ही रहती थीं तो कभी तुम्हारा फ़ोन नंबर भी नहीं लिया था। बाद में समझ आया छोटी-छोटी जानकारियाँ कितनी ज़रूरी होती हैं। तुम्हें ढूँढ़ता रहा पागलों की तरह। तुम्हारे ख़्याल बुनता रहा। तुम्हें पता है कितने बुरे-बुरे ख़्याल आते थे मन में? कल्पना से भी डर जाता था। सोते-सोते चीखने लगता था। सब पागल समझने लगे थे मुझे।

"लेकिन मैंने हिम्मत नहीं हारी और एक दिन तुम्हारे घर का पता मुझे मिल ही गया। तब मुझे पता चला कि तुम्हारे घर वाले मुझे पसंद नहीं करते इसीलिए उन्होंने तुम्हें कहीं और भेज दिया था। उन्होंने मुझसे कहा कि, "तुम मसूरी में एक खाई में गिरकर मर चुकी हो।" जबकि मुझे पता है कि तुम कभी अकेले नहीं जाओगी। मैंने जब यह बात उनसे कही

तो उनका जवाब था, "बारिश के मौसम में उसका पैर फिसल गया था। कोई कुछ नहीं कर पाया।"

अंकित ने देखा कि प्रियंका कुछ लिख रही थी, लेकिन उसने अपनी बात पूरी की, "भला ऐसा भी कहीं होता है क्या?"

अंकित ने पैड से काग़ज़ खींचा और पढ़ा- "मैं उस दिन भी तुम्हारे साथ थी। हमारी उँगलियाँ आपस में कसी हुई थीं। मैं तुम्हारे बिस्तर के आधे हिस्से की सिलवट बनने के सपने बुन रही थी। तुम ख़ामोश थे। मैं बारिश में अपने आँसू वाष्प बना उड़ा देना चाहती थी। मैं अपनी सोच में बहे चली जा रही थी। मेरा पैर फिसल गया।"

"लेकिन यह सच नहीं है न? देखो तुम आज भी मेरे सामने बैठी हो, वैसी ही ख़ूबसूरत, उतनी ही नाज़ुक, उतनी ही जवान। जाने तुम्हारी मम्मी ने झूठ क्यूँ बोला? तुम्हारे मरने का आज का ही दिन तो बताया था। झूठी थी तुम्हारी माँ। तुम्हारा बावला सच्चा..."

प्यार में हमेशा पागलपन होता है। परन्तु साथ ही, पागलपन में, कुछ कारण भी होते हैं।

- Friedrich Nietzsche

सनकी

"मैं तुम्हारी इन अय्याशियों से तंग आ चुकी हूँ। या तो मुझे मार दो या ख़ुद मर जाओ।" दीप्ति ने चीखते हुए कहा।

"तुम्हें मरना है तो ख़ुद मर जाओ। मैं बदलने की कोशिश तो कर ही रहा हूँ।" नवीन ने जवाब दिया।

"बदलने की कोशिश... सीरियसली नवीन तुम मुझसे यह कहोगे? तुम बदलने की कोशिश नहीं कर रहे, बस तुम लड़कियाँ बदल रहे हो।"

"तुम बेवजह ही शक कर रही हो। उसके और मेरे बीच में ऐसा कुछ नहीं है।" नवीन ने उसकी बाँह को सहलाते हुए कहा। दीप्ति ने एक नज़र उठा उसे देखा और फिर बाँह पर फिसलते उसके हाथ को। नवीन की नज़र दीप्ति के दूसरे हाथ में मौजूद चाकू पर गई। चाकू देख नवीन ने तुरंत अपना हाथ हटा लिया। उसे पता था कि दीप्ति ग़ुस्से में कुछ भी कर सकती है।

दोनों की उम्र 25-26 ही थी। शादी नहीं हुई थी, लेकिन एक साल से साथ रहते थे। दीप्ति भी उन लड़कियों में से थी जिससे नवीन को तब प्यार हुआ था जब वो किसी और के भी साथ था। लेकिन दीप्ति ने उसे कहीं जाने नहीं दिया। दीप्ति में ग़ुस्सा ज़्यादा था। वो पहले भी दो बार नवीन को घायल कर चुकी थी और उसके साथ एक लड़की को भी। लड़की मरते-मरते बची थी। सनकी दोनों ही थे।

दीप्ति नवीन से बहुत प्यार करती थी, लेकिन उसके शक की कोई सीमा नहीं थी। दूसरी लड़कियों के उसके आसपास मँडराने से आपा खो बैठती थी। नवीन उससे बहुत प्यार करता था पर उसे दूसरी लड़कियों से भी प्यार होना आम बात थी। दीप्ति के बारे में जानकर भी उसे लगता था कि उसे सँभाल लेगा। उसने ख़ुद कई बार दीप्ति को पीटा था पर इन सब के बावजूद वे एक-दूसरे को छोड़ने को तैयार नहीं थे।

***

रिया, नवीन की नई पसंद, 19-20 साल की नौजवान, स्वच्छंद, बिंदास लड़की थी। जब नवीन उसके घर पहुँचा तो वो अपने नाख़ूनों को आकार दे रही थी।

"तुम आज भी आ गए। मैं तो सोच रही थी कि दीप्ति तुम्हें निपटा चुकी होगी।" रिया ने कहा।

"वो मुझे तो नहीं निपटाएगी, लेकिन तुम पर रहम नहीं करने वाली।"

"रहम!" रिया ने बहुत सर्द आवाज़ में शब्द दोहराया और पूछने के अंदाज़ में कहा, "मैं उसकी ग़ुलाम हूँ? वो मुझसे प्यार करती है? वो मेरी परवाह करती है? नहीं बताओ मुझे कि मुझे उसका रहम क्यूँ चाहिए?"

"तुम अभी बच्ची हो उसके सामने। तुम्हें अहसास भी नहीं है कि तुम्हारा सामना किस जानवर से है।" नवीन ने चेताते हुए कहा।

"जब पता ही नहीं तो डरना किस बात का।" रिया ने बेफ़िक्री से कहा।

"आओ मेरे पास आकर बैठो।" नवीन ने उसका हाथ पकड़कर अपनी तरफ़ खींचते हुए कहा।

"तुम्हें बात ही तो करनी है मुझसे, ऐसे भी कर सकते हो। बाक़ी कुछ तो तुमसे होता नहीं।" रिया कहते हुए उसकी गोद में आकर बैठ गई।

"तुम अच्छी तरह जानती हो कि मुझे सिर्फ़ दीप्ति के साथ सोना पसंद है। और किसी के साथ मुझे मज़ा नहीं आता।"

रिया ने उसके दिल पर हाथ रखा और कुछ ठहरकर कहा, "दिल की धड़कनें तो तुम्हारी तेज़ चल रही हैं और मैं महसूस कर सकती हूँ कि तुम्हारे शरीर में ब्लड का प्रेशर भी इस समय ज़्यादा है। साफ़ कहो न कि तुम्हें उसका डर इतना ज़्यादा है कि कहीं घर जाकर तुमसे कुछ न हुआ तो वो तुम्हें वहीं मार न दे।"

"मार तो उसे मैं भी सकता हूँ, लेकिन प्यार करता हूँ उससे।"

"प्यार तो मैं भी करती हूँ तुमसे।" रिया ने कहा।

"लेकिन हासिल नहीं कर पाओगी।"

"मुझे जो चाहिए होता है वो मैं हासिल कर ही लेती हूँ; चाहे फिर ख़रीदना पड़े, चुराना पड़े या फिर छीनना पड़े।" रिया ने बच्चों की तरह अपने नीचे वाले होंठ को आगे करते हुए कहा।

"तुम्हारी इन्हीं अदाओं ने तो मेरा दिल तुम पर ला दिया था।"

"बस इतनी-सी वजह?" रिया ने मासूम चेहरा बनाकर पूछा।

"वजह का बड़ा होना ज़रूरी नहीं। ज़रूरी यह है कि जो वजह है वो मेरे लिए बड़ी हो।" नवीन ने उसके चेहरे को अपने पास लाते हुए कहा।

"मारना तो मैं भी चाहती हूँ उसे। कमीनी जब देखो मुझे भड़का देती है।"

"मतलब? मैं समझा नहीं?" नवीन ने उत्सुकता से पूछा।

"इतने भोले नहीं हो तुम। क्या तुमने नहीं देखा कि जब भी हम कहीं बाहर मिलने का प्रोग्राम बनाते हैं कैसे पहुँच जाती है वहाँ और तुमसे कितना प्यार जताती है। जबकि उसकी आँखें मुझे ही ढूँढ़ती रहती हैं। मुझे देखते ही तुमसे बिलकुल चिपक जाती है। और तुम भी ज़रा लिहाज़ नहीं करते। उसे ऐसे प्यार करते हो जैसे मैं वहाँ हूँ ही नहीं। कभी-कभी तो मुझे समझ नहीं आता कि तुम्हें मारूँ या उसे?

"तुम उसकी चिंता मत करो। जब तक उसे यह विश्वास है कि तुम्हारे-मेरे बीच शारीरिक संबंध नहीं हैं, वो इसे पता लगाने की कोशिश करती रहेगी। उसके शक को यक़ीन में मत बदलने देना।" नवीन ने कहा।

"और मैं अगर उसे झूठ ही बोल दूँ कि तुम मेरे साथ सोते हो और वियाग्रा लेकर उसके साथ?" रिया ने कहा।

“नहीं, मैं उससे प्यार करता हूँ। वो तुम्हारे झूठ का यक़ीन नहीं करेगी।” नवीन ने उसके बदन पर हाथ फेरते हुए जवाब दिया और मुस्करा दिया।

रिया समझ तो रही थी किंतु ऐसा पहले भी कई बार हो चुका था। नवीन चाहता तो बहुत कुछ करना था, लेकिन दीप्ति के रहते उसके मन में डर बना रहता था। नवीन अपनी पत्नी का क़त्ल कर चुका था और दीप्ति अपने पति का। दोनों की मुलाक़ात भी एक कोर्ट में हुई थी। पहली नज़र में ही दोनों को प्यार हो गया था। दोनों एक-दूसरे की दिमाग़ी हलचलों से पूरी तरह वाकिफ़ थे इसीलिए एक-दूसरे के साथ सँभलकर रहते थे, पूरी सावधानियाँ बरतते थे। दीप्ति ने जहाँ अपने पति का ख़ून इस बात पर कर दिया था कि वो देर से घर आया था, वहीं नवीन ने अपनी पत्नी को इसलिए मार दिया था क्योंकि उसका दिल किसी दूसरी लड़की पर आ गया था। पहली नज़र में प्यार होना नवीन के लिए सामान्य से भी सामान्य था। दोनों मनोरोगी थे और इन दोनों के बाच आई रिया भी किसी मानसिक रोगी से कम न थी।

“तुम अपना संबंध बचाने की कोशिश क्यूँ कर रहे हो?” रिया ने पूछा।

“नहीं, मैं बस दीप्ति को एक क़त्ल करने से रोक रहा हूँ।” नवीन ने कहा।

“किसका?”

“तुम्हारा”

“तुम्हें उसके साथ रहते हुए डर नहीं लगता?” रिया ने पूछा।

“जब परिणाम मालूम हो तो डर नहीं लगता। हम दोनों के रिश्ते का परिणाम यही होना है कि या तो वो मुझे मार देगी या मैं उसे। इसीलिए जब परिणाम मालूम हो तो ज़िंदगी खुलकर जी जाती है।” नवीन ने कहा।

“तुम्हें मुझसे डर नहीं लगता, अगर मैं ही तुम्हें मार दूँ तो?” रिया ने पूछा।

“मुझे हर लड़की के साथ डर लगता है, तुम्हारे साथ भी लगता है। लेकिन परिणाम एक ही होना है- या तो मैं तुम्हें मार दूँगा या तुम मुझे। वैसे अभी हमारा रिश्ता शुरू हुआ है तो मुझे उम्मीद है ऐसी नौबत आने में समय लगेगा। जब तक तुम मेरे साथ सो नहीं लेती, मैं ज़िंदा रहूँगा।” नवीन ने कहा।

“अच्छा बताओ कि दीप्ति को खाने-पीने में क्या पसंद है?” रिया ने पूछा।

“बढ़िया वाइन, चायनीज़ खाना। तुम यह सब क्यूँ पूछ रही हो?”

“और दुनिया में उसे सबसे ज़्यादा किस इंसान से प्यार है?” नवीन के सवाल को नज़रअंदाज़ कर रिया ने पूछा।

“मुझसे।” नवीन ने मुस्कराकर कहा।

“अच्छा एक बात और बताओ। अगर वो मुझे मारना चाहेगी तो कैसे मारेगी? ज़हर देकर या और किसी चालाकी से?”

“ये कैसी बातें कर रही हो तुम? वो तुम्हें अभी नहीं मारेगी।” नवीन ने ठंडी आवाज़ में कहा।

“आगे की सोचकर रखना पड़ता है। तुम बताओ न?”

“दीप्ति डरपोक नहीं है। उसे लोगों को तड़पाने में मज़ा आता है। वो उन्हें उनकी ग़लती का अहसास कराए बिना मरने भी नहीं देती। अगर वो तुम्हें मारेगी तो चाकू से ही मारेगी। वो छिपकर वार नहीं करेगी। ग़ुस्से में उसकी शारीरिक ताक़त काफ़ी बढ़ जाती है।” नवीन ने कहा।

“लेकिन तुम यह सब क्यूँ पूछ रही हो?” नवीन ने पूछा।

“तुम्हारे आने से थोड़ी देर पहले उसका फ़ोन आया था। संडे को घर पर बुलाया है मिलने। मैंने उसे बता दिया कि तुम मेरे साथ सो चुके हो।” रिया ने बताया।

"यह तो गंभीर समस्या है। तुम उसके दिमाग़ में शक नहीं डाल सकती। तुम्हारे यह कहने से कोई फ़र्क नहीं पड़ेगा। तो तुम क्या उसका मुँह नोचने के लिए नाख़ून तेज़ कर रही थी?" नवीन ने गंभीरता से पूछा।

"नहीं। वो तो रोज़ का काम है। मैं कुछ सोच लूँगी दीप्ति के लिए।"

"तुम उसे मारने का तो नहीं सोच रही हो?"

"हाँ, वही सोच रही हूँ। या तो तुम मुझे छोड़ दो या पूरे मेरे बन जाओ। ये आधे-अधूरे रिश्ते मैं नहीं रख सकती। तीन पागलों का साथ रहना असंभव है।" रिया ने बहुत गंभीरता से कहा।

***

रिया से मिलने के बाद जब नवीन घर पहुँचा तो उसने देखा कि दीप्ति बहुत ही सेक्सी ड्रेस में बैठी उसका ही इंतज़ार कर रही थी।

"तो फिर आज भी टेस्ट देना होगा?" नवीन ने मुस्कराकर पूछा और उसके पास जाकर उसे किस करने लगा।

जब दीप्ति की तसल्ली हो गई तो नवीन ने आगे पूछा, "तुमने रिया को फ़ोन किया था?"

"क्यूँ तुम्हारी नई लैला ने मेरी शिकायत की? अब तुम मुझसे बदला लोगे?" दीप्ति ने नवीन की टीशर्ट को गले से पकड़कर पूछा।

"नहीं, वो तुमसे बदला लेने का सोच रही है। तुम्हें मारने का प्लान बना रही है। पूछ रही थी कि तुम्हें खाने में क्या पसंद है क्या नहीं। शायद तुम्हें ज़हर देकर मारने का विचार है।" नवीन ने बताया।

"मतलब यहाँ भी सीधा सामना नहीं करने वाली। लेकिन तुम यह सब मुझे क्यूँ बता रहे हो?" दीप्ति ने पूछा।

"क्यूँकि मैं तुमसे प्यार करता हूँ। मैंने उसे बताया कि तुम उसे चाकू से ही मारोगी। आख़िर तुम्हारा पसंदीदा हथियार तो वही है न।"

"तो सावधान भी कर आए।"

"नहीं। तुम वैसे भी पीछे से वार नहीं करती।"

"लेकिन तुम तो पीछे से ही वार करते हो। मैं तुम्हारा कैसे यकीन कर लूँ कि तुम यह सब मेरा विश्वास हासिल करने के लिये नहीं बता रहे?" दीप्ति ने कहा।

"मेरी जान, मैं तुम्हारे साथ ही हूँ।" नवीन ने कहा।

"इन बातों को छोड़ो। मैं तुम्हारे लिए ड्रिंक बनाकर लाता हूँ।" इतना कहकर नवीन उसके लिए एक ड्रिंक बनाकर ले आया। दीप्ति ने गिलास की तरफ़ देखा तो नवीन को समझते देर न लगी कि वो बर्फ़ डालना भूल गया था। दीप्ति बर्फ़ के बिना नहीं पीती। दीप्ति बर्फ़ तो दिन में कई बार यूँ भी मुँह में रख लेती थी।

"मैंने उसे नहीं, उसने मुझे फ़ोन किया था। इस बार लग रहा है कि मुकाबला टक्कर का है।" दीप्ति ने कहा।

नवीन थोड़ा चौंका। उसे समझ नहीं आया कि रिया क्या खेल खेलना चाह रही थी। उसे सतर्क रहने की ज़रूरत थी।

***

रविवार का दिन था। रिया के आने का समय हो रहा था। दीप्ति खाने की मेज़ पर सब सामान क़रीने से लगा रही थी। नवीन उसका हाथ बँटा रहा था और बीच-बीच में उसे किस भी कर रहा था। ऐसा लग नहीं रहा था कि दीप्ति के दिमाग़ में कुछ ख़तरनाक प्लान बुना जा रहा था। नवीन का भी कमोबेश ऐसा ही रवैया था। जब रिया आई तो नवीन ने दरवाज़ा खोला, लेकिन दीप्ति अपनी जगह से नहीं उठी। नवीन और रिया आकर दीप्ति के साथ ही डाइनिंग टेबल पर बैठ गए। दीप्ति और रिया की दूरियाँ साफ़ नज़र आ रही थीं। रिया ने एक व्हिस्की की बोतल नवीन की तरफ़ बढ़ाते हुए कहा, "तुम इसमें से पी रहे थे तो मैं घर से इसे ही ले आई।" और दीप्ति की तरफ़ देखा। रिया ने आते ही दीप्ति को भड़का दिया था, बिना एक पल गँवाए।

नवीन ने रिया के हाथों से बोतल ली और मेज़ पर रख दी। दीप्ति के सामने उसकी हिम्मत नहीं हुई कि बोतल खोलकर उसमें से एक

पैग बना ले। वैसे भी रिया के बोले झूठ से वो उस पर विश्वास नहीं कर रहा था।

"तुम्हारे मैसेज पढ़े। बड़े बचकाने मैसेज करती हो।" इतना कहकर दीप्ति ने मुस्कान के साथ, नवीन का फ़ोन रिया के सामने पटक दिया।

रिया ने फ़ोन नहीं छुआ और कहा, "बच्ची हूँ तभी तो नवीन को मेरा साथ पसंद है।" और वहाँ रखी दूसरी बोतल से एक पैग अपने लिए बना लिया।

दीप्ति ने आइस बकेट, जो उसके पास रखी थी, रिया की तरफ़ खिसका दी। यह देखकर रिया ने कहा, "मुझे ज़िंदगी हो या कोई और चीज़, किसी का दख़ल पसंद नहीं है। दारू में बर्फ़ का भी नहीं।" यह बात उसने बकेट दीप्ति की तरफ़ सरकाते हुए कही।

"इसमें ज़हर नहीं है।" दीप्ति ने कहा।

"जानती हूँ।" इतना कहकर उसने अपनी नज़र दीप्ति के पास रखे बड़े चाकू पर घुमा दी।

रिया की नज़र चाकू की तरफ़ पाकर, दीप्ति ने कहा, "आख़िरी डिनर तो करने ही दूँगी।" और चाकू उठाकर रिया की तरफ़ बढ़ चली। रिया एक पल को तो सकपकाई, लेकिन ज़ाहिर नहीं होने दिया। दीप्ति रिया के पीछे से होती हुई नवीन के पास जाकर बैठी और रिया की लाई बोतल से नवीन के लिए एक पैग बनाया और नवीन को देते हुए बोली, "तुमसे तो प्यार करती है। तुम्हें तो विश्वास होगा इस पर। चलो इसकी लाई शराब पी लो।"

नवीन ख़ुद शक के बादलों में घिरा हुआ था। वो अभी तक यही समझने की कोशिश में लगा था कि रिया, दीप्ति के लिए क्यूँ कुछ नहीं लाई? या वो भी दीप्ति का आमना-सामना सीधे करना चाहती थी? क्या उसके बैग में कोई चाकू था?

दीप्ति के एक हाथ में चाकू और एक हाथ में गिलास। नवीन ने बारी-बारी दोनों को देखा और दीप्ति के हाथ से गिलास लेकर मेज़ पर रख दिया।

नवीन को न पीते देख दीप्ति ने रिया को देखते हुए कहा, “विश्वास नहीं है इसे तुम पर।” और वापस अपनी जगह आकर बैठ गई।

दीप्ति ने अपने घर की बोतल से एक पैग बनाया और उसमें कुछ बर्फ़ के टुकड़े डाले। एक ही झटके में उसने अपना गिलास ख़ाली किया और दूसरा बना लिया। नवीन फ्रिज से ऑरेंज जूस निकालकर लाया और गिलास में डालकर पीने लगा।

“तो तुम मुझे कब मारने वाली हो?” रिया ने दीप्ति से पूछा।

“बस माहौल बनते ही, डिनर के बाद। लेकिन पहले तुम एक बात बताओ, जब नवीन ने तुम्हें मेरे बारे में सब बता ही दिता था तो तुम यहाँ आई क्यूँ हो? हिम्मत है या बेवकूफ़ी?” दीप्ति ने पूछा।

“देखना चाहती थी कि जो औरत यह जानते हुए भी कि उसका पार्टनर किसी और लड़की से मिलने जा रहा है, कैसे उस दूसरी लड़की को जलाने के लिए अपने पति को सबके सामने प्यार कर सकती है? पब्लिक प्लेस में अपना तमाशा बना सकती है?”

रिया की बात सुनकर दीप्ति मुस्कराई और कहा, “मुझे तो मज़ा आता है। एक तरफ़ तुम जलती थी और दूसरी तरफ़ नवीन डरता रहता था। ऐसा उन्मादी सुख और कहाँ मिलता है?”

“तो अपने इस सुख को ख़त्म क्यूँ करना चाहती हो?” रिया ने पूछा।

“तुम्हारी शक्ल देख-देखकर बोर हो गई हूँ। बस इतनी-सी वजह है।” इतना कहकर दीप्ति ने बिजली की फुर्ती से चाकू उठाया और उसे रिया के हाथ में आर-पार कर दिया। रिया इस समय थोड़ी लापरवाह थी इसी वजह से उसे अपना हाथ पीछे खींचने का समय भी नहीं मिला। उसके मुँह से तेज़ चीख निकल गई। उसे चीखते देख दीप्ति अपनी जगह

से उठी और उसके मुँह को अपने हाथों से दबा दिया ताकि उसकी चीखें बाहर न जा सकें। कुछ ही पलों में नवीन हक्का-बक्का रह गया था। उसने दीप्ति की ओर देखा तो वह उसे देख मुस्करा दी।

"तुमने इसमें क्या देखा जो मुझे धोखा देने चले थे?" दीप्ति ने पूछा।

"मुझे इसकी बच्चों जैसी हरकतें पसंद आईं। जब इसे पहली बार देखा तो यह एक पार्टी में दरवाज़े के सहारे खड़ी अजब-ग़ज़ब मुँह बना रही थी। इतने शोर में भी यह ख़ामोश थी। लेकिन इसकी हरकतें लोगों को मुँह चिढ़ा रही थीं। मुझे इसका अकेलापन भा गया। इसे और क़रीब से जानने की उत्सुकता बढ़ गई।" नवीन ने कहा।

"ऐसी क्या बात है जो तुम मुझसे डर नहीं रहे हो?" दीप्ति ने कहा।

उसने आगे कहा, "एक लाइन की बात थी। एक लाइन में ही सुलझ जाएगी।" दीप्ति ने मेज़ से दूसरा चाकू उठाया और उससे रिया की गर्दन पर एक लाइन बनाते हुए कहा। रिया की गर्दन से हल्का-हकला खून रिसने लगा था।

तभी नवीन की तबियत बिगड़ने लगी। दीप्ति रिया को छोड़ नवीन की तरफ़ गई। नवीन के मुँह से झाग निकल रहे थे, उसके हाथ-पैर काम नहीं कर रहे थे। दीप्ति ने रिया की तरफ़ देखा।

"तुमने मुझे मारने के लिए ऑरेंज जूस में ज़हर मिलाया?" नवीन ने धीरे-धीरे कहा।

"नहीं नवीन, मैंने ऐसा कुछ नहीं किया। मैं तुमसे प्यार करती हूँ, मैं ऐसा क्यूँ करूँगी।", दीप्ति ने कहा।

"जूस में ज़हर मैंने मिलाया था। जब नवीन ने मेरी लाई बोतल से शराब लेने से मना कर दिया तो वॉशरूम जाने के बहाने मैंने ही जूस में ज़हर मिला दिया था।" यह कहकर रिया ने एक छोटी-सी बोतल वहीं पटक दी।

“हरामी ने दोनों को बेवकूफ़ बना रखा था।” रिया ने अपने हाथ में लगा चाकू खींचते हुए चीख के साथ कहा।

रिया ने चाकू उठाया और खड़ी होते हुए आगे कहा, “और इससे ज़्यादा दुख तुझे दे भी क्या सकती थी। अब रख अपने सच्चे प्यार को अपने पास। मुझे नहीं चाहिए था ये। जितनी अच्छी बातें करता था, एक्शन में उतना ही ख़राब था।”

दीप्ति ने नवीन के सर को मेज़ पर रखा और रिया पर हमला कर दिया। लड़ाई देर तक न चली। दीप्ति की ताक़त के आगे कुछ ही मिनट में रिया पस्त हो गई। दीप्ति ने एक चाकू उसके दोनों गालों के आर-पार कर दिया। फिर कुछ और वार किए। रिया भी मर चुकी थी।

***

कुछ दिनों बाद पड़ोसी की शिकायत पर पुलिस ने तफ़्तीश की तो उसे वहाँ तीन लाशें मिलीं। पुलिस ने आसपास की चीज़ों को फॉरेंसिक जाँच के लिए भेजा तो पता चला कि आइस बकेट की बर्फ़, जो पानी बन चुकी थी, में भी ज़हर था।

प्रेम कहानियाँ लिखने जैसी अभी परिपक्वता नहीं है लेकिन मित्रों की चाहत पर कोशिश जरूर की है। ‘निर्मय’, ‘निवेदिता’, ‘गायत्री’ और ‘प्रियल’ को आप मेरे उपन्यास “दुमछल्ला” से जानते हैं और ‘नलेश’ व ‘सरगम’ से “शोर...अंतर्मन का कोलाहल” से परिचित हैं। कहानियाँ ‘बायोलॉजिकल मदर’, ‘तुम मिलो तो सही’ और ‘सनकी’, मेरे सनकी मन की उपज हैं।

उम्मीद है कि कहानियाँ आपको पसंद आएँगी। एक गुज़ारिश है कि, फेसबुक, अमेज़न और बाकी जगहों पर अपनी प्रतिक्रिया जरूर दें, मदद मिलेगी।

अन्य उपन्यास

अंतर्मन का कोलाहल
शोर
निशान्त जैन

कोलाहल से आगे
शोर
निशान्त जैन

www.ingramcontent.com/pod-product-compliance
Lightning Source LLC
LaVergne TN
LVHW100336181026
850499LV00039B/1110
* 9 7 8 9 3 9 0 5 3 9 1 8 5 *